백수귀족 판타지 장편소설

WISHBOOKS FANTASY STORY

바바리안 퀘스트

바바리안 퀘스트 7

백수귀족 판타지 장편소설

초판 1쇄 찍은 날 | 2018년 10월 12일
초판 1쇄 펴낸 날 | 2018년 10월 19일

지은이 | 백수귀족
펴낸이 | 예경원

기획 | 위시북스
편집책임 | 이규재
편집 | 위시북스

펴낸곳 | 예원북스
등록번호 | 제396-2012-000132호
등록일자 | 2012. 7. 25
KFN | 제1-322호

주소 | 경기도 고양시 일산동구 호수로 646-24 위너스21II빌딩 206A호 (우)10401
전화 | 031-819-9431 팩스 | 031-817-9432
E-mail | yewonbooks@naver.com

ISBN 979-11-89450-70-0 04810
979-11-6098-950-2 (set)

※ 이 도서의 국립중앙도서관 출판시도서목록(CIP)은 서지정보유통지원시스템 홈페이지(http://seoji.go.kr)와 국가자료공동목록시스템(http://www.nl.go.kr/kolisnet)에서 이용하실 수 있습니다.

백수귀족 판타지 장편소설

WISHBOOKS FANTASY STORY

바바리안 퀘스트

7

Wish Books

바바리안
퀘스트

CONTENTS

Chapter 1

유릭은 부족장의 아들 지즐을 기억하고 있었다. 지즐은 이제 바위도끼 부족을 이끄는 부족장이 되어 있었다.

'솜씨는 괜찮은 놈이었지.'

지즐은 또래 중에서는 돋보이는 전사였다. 부족장 아들답게 어릴 때부터 좋은 걸 먹고 자랐으며, 뛰어난 전사에게 전투술과 사냥술을 배웠다.

지즐의 불행은 유릭의 존재 그 자체였다. 지즐은 분명 여러모로 뛰어난 전사였으나, 또래 중에 유릭이 있었다. 무엇을 해도 유릭과 비교되었다. 지즐이 안간힘을 써서 대단한 사냥감을 잡거나 공을 세워도, 유릭은 코를 후비듯 쉽게 지즐을 뛰어넘었다.

족장의 천막은 마을 중앙에 있다. 부족민들이 유릭의 얼굴을 보려고 사방에서 몰려들었다.

"정말로 유릭이잖아?"

"금기를 어겨 저주받은 유릭……."

사람들이 속삭였다. 유릭은 그들을 보며 웃을 뿐이었다.

"들어가라, 유릭."

창을 쥔 전사가 천막 입구를 가린 가죽을 젖히며 말했다. 유릭은 상반신을 숙이며 안으로 들어갔다.

천막의 창을 통해서 빛이 몇 가닥 들어왔다. 중앙에는 화로가 타오르고 있었다.

유릭이 눈을 돌렸다. 족장 지즐이 앉아 있었고, 좌우로는 영향력 있는 원로들과 주술사들이 있었다.

"돌아왔군, 유릭."

원로가 말했다. 등이 살짝 굽은 노인이다.

"마음 같아서는 환영해 주고 싶지만, 상황을 이해해 주길 바란다, 유릭."

지즐이 앉은 채로 말했다. 눈 밑을 숯가루로 검게 칠해서 으스스한 느낌이었다. 부족장답게 윤기가 흐르는 좋은 가죽옷을 걸치고 있었고, 독수리의 깃털로 머리와 어깨를 장식해서 덩치가 훨씬 커 보였다. 족장에게 중요한 건 위압감이었다.

'못 본 사이에 많이 변했군, 지즐. 족장다운 위엄이 있어.'

유릭은 앞으로 걸어갔다. 부족장인 지즐을 무시할 생각은 없었다. 바위도끼 부족은 유릭이 사랑하는 가족들이다. 그 수장이 누구든 존중해야 한다.

"난 산맥을 넘었다가 돌아왔어. 다시 바위도끼 부족의 유릭으로 돌아가고 싶다."

유릭이 간단명료하게 말했다.

"산맥을 넘었다니, 그게 무슨 천벌을 받을 소리인가!"

남자 주술사가 외쳤다. 그가 들고 있는 늑대 두개골 지팡이가 크게 흔들렸다. 그는 마을 외곽에서 죽을 날만 기다리는 주술사가 아니었다. 부족의 중요제의를 맡는 제사장이었다.

"나는 산맥을 올라갔어. 금기를 어길 만큼 높게 올라갔다곤 생각하지 않아. 밑자락에서 만난 곰을 쫓아 조금 올라갔을 뿐이라고. 산맥의 곰이 우리를 이끈 거지. 그게 산맥의 인도라곤 생각하지 않아?"

유릭이 태연하게 말했다.

"헛소리! 넌 금기를 어겨서 악령들에게 붙잡혔을 뿐이야! 지금도 제정신이 아니라 저주받은 상태인 거지. 악령에게 잡아먹힌 유릭!"

제사장이 반박하듯 외쳤다. 다른 원로들도 제사장의 의견에 동의하듯 고개를 끄덕였다.

"나는 산맥을 올라갔어. 새하얀 봉우리에서 동쪽과 서쪽을 바라봤지. 나는 산맥을 넘었고 그곳은 영혼의 세계가 아니었어! 우리와 같은 사람이 사는 세계라고. 내 두 눈으로 똑똑히 봤지. 한 번도 보지 못한 댁이 아무리 말로만 떠들어도, 나는 산맥 너머를 두 다리로 경험했어. 아니꼬우면 직접 넘어가 봐, 내 말이 사실인지 거짓인지 확인해 보면 알잖아."

유릭이 짐 보따리 하나를 꺼내더니 풀어헤쳤다.

촤르르르.

금화와 보석, 장신구 따위가 바닥에 쏟아졌다. 부족민은 생전 처음 보는 보물들이었다. 그들의 눈으로 본 문명의 미려한 세공은 인간의 솜씨가 아닌 듯했다.

"오, 오오."

원로들조차 반짝이는 보물에 감탄을 쏟아냈다. 엄청난 재물이었다.

"이게 악령이 만들어준 물건 같아? 잘도 저주받은 놈에게 이런 보물을 주겠군. 저 산맥 너머에는 이런 물건들이 흔해 빠졌어. 길가는 여자도 이런 목걸이를 착용하고 다니지."

유릭이 태양 목걸이 하나를 들어 올리며 말했다.

"우릴 모욕하며 가지고 노는 거냐! 유릭!"

제사장이 노발대발했다.

가만히 앉아 있던 부족장 지즐이 발을 굴렀다.

쿵!

"그만! 여긴 싸우는 곳이 아니오!"

지즐의 말에 제사장이 고개를 끄덕였다. 젊은 부족장은 꽤나 신뢰를 얻고 있는 듯했다.

"유릭이 금기를 어긴 건 사실이오, 부족장."

제사장이 그 말을 하곤 입을 다물었다. 지즐은 눈을 감고 의자의 팔걸이를 톡톡 두드렸다.

"유릭, 너는 전통과 금기를 어기고 뻔뻔하게 돌아왔군. 나라면 돌아오지 않았을 거다."

지즐이 턱을 괴며 손가락을 들어서 유릭을 가리켰다.

"내가 돌아온 건 부족을 지키기 위해서다. 산맥 너머에서 침략자들이 오고 있어. 반짝이는 칼과 갑옷으로 무장한 놈들이지."

"만약 그런 놈들이 있다면 그건 네가 끌고 온 악령이겠지. 구원자 흉내라도 낼 셈이냐? 어림도 없어. 그것보다 당장 눈앞에 닥친 일들이 우리에겐 더 중요해."

지즐이 냉소했다. 그는 유릭이 가져온 보물과 칼을 바라봤다.

'산맥에서 유릭이 무언가를 보고 가져온 건 확실해. 놈이 무얼 본 걸까……'

지즐은 유릭의 말을 전부 믿지는 않았다. 그는 차분히 생각하다가 말을 이었다.

"지금은 자숙하며 근신해라. 여전히 너는 우리의 형제니까 추방은 하지 않겠어."

"지즐, 진짜 적은 산맥 너머에 있다. 내 말을 잘 생각해 봐. 너는 젊고 뛰어난 전사이자 부족장이야. 머리가 굳어버린 저 영감탱이들과 환각에 취한 약쟁이들과는 다르지."

유릭이 손가락으로 원로와 주술사들을 가리켰다. 그들은 벌떡 일어나며 유릭을 향해 욕설과 저주를 퍼부었다. 유릭은 어깨를 으쓱했다.

"곧 전투가 있을 거다. 여전히 네가 우리의 형제 유릭이라는 걸 증명한다면 네 말을 다시 한번 생각해 보지."

지즐이 그렇게 말하곤 손을 저었다. 유릭은 일어나서 천막을 빠져나갔다.

유릭이 빠져나간 천막에는 적막이 잠시 맴돌았다.

"부족장! 당장 유릭을 추방해야 하오! 저놈이 재앙을 몰고 올 거요! 반짝이는 칼과 보물들을 보지 않았소이까! 그건 재앙의 징조요! 악령들의 신호지!"

제사장이 주장했다. 주술사들은 그 말에 호응하며 지팡이로 바닥을 쿵쿵 때렸다.

"족장은 당신이 아니라 바로 나, 스테조의 아들 지즐이오. 지금 내 권위에 도전하는 거요?"

지즐이 서늘하게 말했다. 지즐은 젊은 나이에 부족장 자리에 올랐다. 그는 권위에 민감했고 도전을 용납하지 않았다.

"그건 아니오, 족장."

제사장이 한 발자국 물러났다.

지즐은 원로와 주술사들을 훑어봤다.

"푸른안개 부족의 위협이 코앞까지 다가왔소. 산맥이니 금기 따위에 신경 쓰기보다 더 중요한 문제가 우리에게 있단 말이오."

"젊은 족장, 비가 자주 내리고 있소. 당분간 굶주릴 걱정도 없겠지. 푸른안개 부족의 공물 요구를 들어주는 것도 나쁘지 않소."

원로 중 하나가 말했다. 두 영역 정도 떨어진 푸른안개 부족의 위세는 대단했다. 빠른 속도로 주변 부족을 굴복시키며 공물을 얻어냈다.

"헛소리! 공물을 바치다니, 그게 무슨 말도 안 되는 소리요!"

지즐이 길길이 날뛰었다. 그건 있을 수 없는 일이었다.

"푸른안개 부족이 철이 나오는 땅을 발견했다는 소문이 있소, 족장! 그게 사실이라면 놈들은 단단히 무장하고 있을 거요."

철은 가장 가치가 높은 거래품목이다. 푸른안개 부족의 확장속도로 봤을 때, 철을 발견했다는 소문이 사실일 터다.

"싸우기도 전에 포기한다니, 미쳤군. 나를 믿지 못하는 거요?"

지즐이 사납게 말했다.

“그게 아니오, 족장. 사실을 확인하기 전까지 전사의 목숨을 아끼자는 거지. 다짜고짜 싸우는 건 현명하지 못한 짓이오.”

지즐은 들을 가치도 없다는 듯이 일어섰다.

‘겁만 많은 노인들 같으니.’

지즐은 혀를 차며 원로와 주술사들을 해산시켰다. 젊은 부족장 지즐은 지금 시험대에 선 거나 마찬가지였다. 그의 선택에 부족의 흥망이 달려 있었다. 강대한 위협인 푸른안개 부족과 맞설 것인가? 그저 공물을 바치며 안전을 도모할 것인가?

원로가 말하지 않아도 어느 쪽이 더 안전할지는 지즐도 알고 있었다. 하지만 영광과 명예는 굴복이 아니라 승리에 있었다. 굴복한 겁쟁이 부족장이 되긴 싫었다.

‘이런 시기에 산맥 너머를 언급하는 미치광이가 돌아오다니……. 돌아버릴 노릇이야.’

하지만 유릭은 여전히 뛰어난 전사다. 유릭의 기세와 질 좋은 무기만 봐도 그가 아직도 대단한 전사라는 걸 알 수 있었다. 지금은 그런 전사 하나가 소중했다. 그게 아니었다면 진작 추방령을 내렸을 것이다.

유릭은 당분간 볼드의 천막에 머물렀다. 당분간 근신이라지만 많은 전사들이 유릭을 찾아왔다. 저주나 금기에 개의치 않는 젊은 전사들은 '산맥을 넘었다'고 주장하는 유릭에게 관심이 많았다. 무엇보다 유릭은 그 증거로 보물이나 칼도 가져왔다. 산맥을 넘었다는 말을 믿는 전사도 꽤 많았다.

"푸른안개?"

유릭이 볼드에게 물었다. 요새 자주 듣는 부족의 이름이었다.

"맞아, 그 푸른안개."

"호수 하나 끼고 물고기 잡아먹는 놈들이잖아. 꽤나 거리가 될 텐데, 우리와 무슨 연관이 있다는 거야?"

유릭은 푸른안개 부족의 땅을 떠올렸다. 우기에는 항상 안개가 껴 있는 땅이다. 건기에도 제법 버틸 정도로 물이 많은 땅이었다.

"이건 소문일 뿐인데, 놈들이 철이 나는 땅을 발견했다고 하더군."

볼드가 뿔잔을 들며 말했다. 그는 술을 마시며 인상을 찌푸렸다.

'철.'

유릭이 잠시 말을 멈췄다. 철은 부족에서 귀한 자원이다. 그렇기에 철을 다루는 대장장이는 존경을 받는다.

'푸른안개 부족이 철을 발견했다면 영역을 확장할 만도 하지.'

철은 곧 무력으로 이어진다.

"그놈들이 공물을 요구하는 건가?"

"근처 부족부터 하나씩 굴복시켰어. 이 부근의 패자를 자청하는 거지."

"미친놈들."

유릭이 욕설을 내뱉었다. 하지만 부족끼리의 서열 정하기는 흔한 일이었다. 오랜 세월 동안 부족들은 서로 싸웠다.

"푸른안개 부족이 우리를 건드린다면 싸워야겠지. 지즐의 성격상 공물을 바치진 않을 테니까."

볼드가 자신의 창을 매만지며 말했다. 그도 바위도끼 부족을 위해 목숨을 바쳐 싸울 준비가 된 전사였다.

"볼드, 그간 고생했다고 들었어."

유릭은 근신하면서 놀고만 있지 않았다. 마을을 돌아다니며 자신에게 호감을 표하는 사람들을 모았다. 3년 동안 어떤 일이 있었는지 하나둘씩 소식을 모았다.

"고생은 무슨. 원래 나는 지즐이 싫었어. 그리고 넌 내 목숨을 구해준 거나 마찬가지지. 지금은 지즐에게 붙은 놈들도 금방 너한테 돌아올 거야. 너무 모질게 대하지 마."

볼드가 키득키득 웃었다.

'우리의 형제 유릭이 돌아왔다.'

유릭의 영향력은 대단했다. 단숨에 부족의 청년들을 휘어

잡았다. 산맥을 넘었다는 무용담은 경멸과 존경을 동시에 받았다.

"그런데 말이야, 유릭."

볼드가 고요히 천막의 창을 통해 산맥을 쳐다봤다.

"엉?"

볼드는 불안한 눈을 들어 올렸다.

"산맥 너머가 영혼의 안식처가 아니었다면, 선조들의 영혼은 어디서 쉬고 있는 거지?"

유릭은 쓴웃음을 지었다. 그런 질문이 언젠가 나올 줄 알았다. 하지만 유릭은 주술사가 아니고, 하물며 성직자나 사제도 아니었다.

"글쎄, 나도 모르겠는걸."

유릭이 화로 위로 손바닥을 스치며 대답했다.

"나는 너를 믿어, 유릭. 하지만 대답이 필요해. 우리의 영혼이 어디로 가는지 말이야. 나만 그런 게 아니야."

"알고 있어."

유릭은 볼드의 심정을 안다. 갈 곳을 잃은 영혼의 불안과 방황. 하지만 유릭조차 아직 그 대답을 찾지 못했다.

'우린 죽어서 어디로 가는가?'

유릭은 마을 공터에서 여러 전사들과 서 있었다. 유릭이 허리춤에서 칼을 뽑았다.

"이게 제국강철이라는 거다. 튼튼하면서도 탄성도 뛰어나지."

유릭이 가볍게 제국강철검을 휘둘렀다. 투박한 부족의 철제 무기와는 급이 다른 무기였다.

"산맥 너머에는 그런 무기를 가진 사람이 많아?"

호기심 많은 어린 전사가 유릭에게 물었다. 이제 막 수염이 나기 시작한 소년이었다.

"아니, 강철무구를 가진 사람은 많지 않아. 나도 운이 좋아 구한 거라 보면 돼. 그래도 일반 철제무기도 우리가 쓰는 것보단 뛰어나. 무엇보다 철로 갑옷을 만들어 입을 정도로 철이 많거든. '기사'라고 불리는 뛰어난 전사들은 대부분 철제갑옷을 걸치고 있어."

유릭이 찬찬히 말했다. 나날이 유릭의 주변으로 많은 사람이 모여들었다. 유릭의 말은 사실성이 있었다. 도저히 거짓말 같지가 않았다. 사고가 굳지 않은 어린이와 젊은 전사들이 주로 유릭을 따랐다.

"말도 안 되는 소리! 악령에게 취한 놈의 말을 듣지 마라!"

주술사나 노인들이 그렇게 말하며 지나갔다. 그들은 산맥 너머가 있다는 걸 받아들이지 못했다.

'그렇다면 선조들의 영혼은 어디에 있단 말인가!'

인정할 수 없었다. 그들의 영혼은 어디서 안식을 취하는 걸까? 유릭의 말대로라면 산맥 너머는 인간의 세상이다. 노인들에겐 가슴 뛰는 일이 아니었다.

"하지만 이런 무기를 산맥 너머가 아니면 어디서 구한단 말이에요?"

유릭 주변에 있던 소년이 말했다.

"아, 악령이 선물해 준 거지! 분명 큰 대가가 있을 거다!"

노인이 당황하며 소리를 질렀다. 그가 유릭을 노려봤다.

"이런 무기를 가질 수 있다면 저는 영혼이라도 기꺼이 팔겠는걸요. 하핫!"

소년이 웃으면서 제자리에서 뛰어 공중제비를 돌았다. 서부인은 북부인처럼 덩치가 크진 않지만 날랜 전사들이다. 그리고 거친 황무지와 초원을 탈것도 없이 다니는 그들은 지구력과 인내심이 뛰어났다.

"미쳤군! 유릭에게 홀렸어! 유릭이 젊은 애들을 홀리고 있다고!"

노인이 길길이 날뛰며 갈 길을 갔다. 노인들은 불안감을 느꼈다. 산맥 너머에 인간이 있다고 말하는 유릭의 언행은 그들에게 몹시 거슬렸다.

유릭의 말이 사실이라면 곧 죽을 노인들의 영혼은 어디로 간단 말인가? 노인들은 유릭의 말을 절대 인정할 수 없었다.

"유릭! 꽃 향이 나는 여자들 이야기를 해줘!"

막 사춘기에 접어든 소년들은 유릭의 이야기에 관심이 많았다. 유릭의 모험담은 거짓이든 진짜든 흥미진진했다.

"산맥 너머에서 며칠만 가면 있는 사람이 바글바글거리는 마을이 있는데……."

유릭은 이야기를 풀어내면서도 부족민들을 힐끗힐끗 쳐다봤다.

'내 이야기를 듣고 싶은데도, 노인과 주술사를 눈치를 본다고 멀리 서 있는 놈들이 많아. 역시 나만 산맥 너머가 궁금했던 게 아니었어. 산맥 너머에 대한 의문과 호기심이 다들 있었던 거야.'

유릭은 즐거웠다. 호기심은 그만의 것이 아니었다. 다른 부족민들도 산맥 너머를 넘는 망상을 해본 적이 있었다. 실천으로 옮길 용기와 행동력이 없었을 뿐이다.

'북부는 제국을 막지 못했다. 하지만 위협적인 존재로 성장했지.'

유릭은 전례를 알고 있다. 제국이 성공하고, 북부가 실패한 이유도 배웠다.

'북부는 통합이 너무 늦었어. 이미 된통 당한 뒤에야 뒤늦게 뭉쳤지.'

북부의 용자 미요른의 이야기가 있었다. 북부의 왕이 될 뻔했으나 검귀 페르젠에게 죽은 사내. 미요른의 힘으로 뒤늦게 통합된 북부였지만 그 위세는 대단해서 제국의 북부를 집어삼킬 뻔했었다.

유릭은 몰락한 북부를 두 눈으로 봤었다. 전사는 싸울 곳을 잃었고, 사람들은 전통과 문화를 잃어갔다.

'나는 왕이 되고 싶은 건가?'

자문해 봐도 마음이 동하지 않았다. 그는 그저 형제를 지키고 싶었을 뿐이었다. 서부가 북부처럼 되는 건 원치 않았다.

"유릭! 돌아왔다는 소식은 들었다!"

며칠 동안 사냥을 떠났던 전사들이 돌아왔다. 유릭과 여러 번 어깨를 맞대고 함께 싸우던 이도 많았다.

"오랜만이군, 누미르."

그들은 서로 껴안으며 인사를 나눴다. 투박한 손과 굵직한 어깨가 부딪쳤다.

"저주받은 유릭. 하, 멋있는걸?"

주술사의 경고에 개의치 않는 전사들도 있었다.

"선물이다. 마음에 드는 여자한테 주라고."

유릭이 예쁘장한 장신구 두 개를 던졌다. 유릭은 되도록 많은 전사에게 환심을 사려고 노력했다. 그건 의외로 어렵지 않았다. 유릭은 원래도 남을 잘 이끄는 전사였으나, 용병대장을 하면서 더 노련해졌다. 거친 사내들을 꾀는 방법을 잘 알고 있었다.

"살다 살다 유릭에게 선물도 받아보는군."

장신구를 받은 전사들은 눈을 크게 떴다. 처음 보는 세공장식이었다. 여자들이 기뻐할 게 분명했다. 저주니 뭐니 해도 아름다운 물건이라면 눈이 돌아갈 터다.

"너흰 코흘리개일 때라서 잘 모르겠지만 유릭은 대단한 놈이야. 30인 베기는 지금도 가끔 회자될 정도라고."

누미르가 어린 소년들의 머리를 꾹꾹 누르며 말했다.

"우리도 알아!"

"알긴 뭘 알아, 쬐끄만 놈들이."

유릭의 일화는 부족 내에서도 독보적이었다. 만약 그가 홀연히 사라지지만 않았다면, 지즐은 쉽게 부족장이 되지 못했을 터다.

유릭은 3년의 공백이 무색할 만큼 부족 내에 빠르게 녹아들었다. 유릭을 주시하는 건 그에게 호의를 가진 자들만이 아니었다.

"지즐 부족장, 유릭을 이대로 놔둬선 안 돼. 아무리 뛰어난 전사가 필요하다고 해도……."

전사 한 명이 지즐에게 조언을 했다. 지즐은 멀리서 유릭을 쳐다봤다. 유릭의 인망은 금방 과거만큼 두터워졌다.

"왜 이대로 놔둬선 안 된다는 거지?"

지즐이 차갑게 말했다. 그는 이를 바득 갈았다.

"솔직히 말하지, 지즐. 나는 네 친구니까……. 유릭은 네 지위를 위협하는 존재다. 아무리 유릭이 저주받았니 뭐니 해도, 유릭이 얼마나 대단한 전사인지는 너도 잘 알겠지. 3년 전의 기량을 유지하고만 있더라도 전사장은 맡고도 남아. 오히려 유릭에게 전사장 자리를 주지 않으면 네 지도력이 의심받을 거야."

"내 지위를 위협해? 그 입에서 나온다는 소리가 고작……."

"우린 이제 소년이 아니야. 네가 부족장 혈통이 아니었다면 유릭과 동등하게 서지도 못했겠지. 그게 현실이다, 지즐 부족장. 난 끝까지 너와 함께하겠지만, 전사들은 더 강한 전사를 따르는 법이야. 부족장의 자존심을 버리고 유릭을 견제해라."

지즐이 말을 마친 전사의 목을 쥐어 잡았다. 시린 분노가 지즐의 눈에 서렸다.

"내, 내가 유릭보다 못하다는 거냐."

전사는 태연하게 지즐의 손을 잡아서 쳐 냈다.

"너도 알고 있잖아, 지즐. 소년 시절의 우리는 유릭 패거리를 이기지 못했어. 하지만 지금 바위도끼의 부족장은 너다. 네겐 지켜야 할 부족과 지위가 있어. 우리의 족장은 한 명이면 충분해."

"제기랄, 키룽카!"

지즐은 친우의 이름을 불렀다. 키룽카는 오래전부터 지즐과 함께해 온 자였다. 무리를 이뤄 사냥하는 사내들은 어릴 때부터 함께해 온 동료가 있으며, 형제라는 호칭이 과언이 아닐 정도로 피보다 진한 유대도 있었다.

지즐과 키룽카가 주먹을 맞댔다. 천막으로 돌아간 지즐은 그날 저녁 유릭을 호출해 임무를 맡겼다.

“사실상 임시 추방이로군.”

유릭은 바위도끼 부족에서 떨어진 숲으로 걸어갔다. 노파 주술사가 사는 숲이었다.

‘할망구 뒷바라지나 하려고 온 게 아니었는데…….’

늙은 주술사를 돌보는 것, 그게 부족장 지즐의 명령이었다. 거절할 명분도 없었기에 유릭은 짐을 챙겨 숲으로 떠났다.

‘역시 아직도 나를 견제하는 거로군. 네 입장에서는 옳은 선택이다, 지즐.’

유릭은 실제로도 지즐의 영향력을 빼어오고 있었다. 젊은 전사들은 지즐보다 유릭에게 끌렸다. 고지식하고 보수적인 부족장과 산맥을 넘어온 진취적인 모험가, 어느 쪽이 청년들의 심장을 뛰게 하는지는 뻔했다.

"하지만 지금은 우리끼리 싸울 때가 아니야."

유릭은 몇 번이나 지즐을 만났지만, 이야기가 통하지 않았다.

지즐에게는 보지도 못한 제국군보다는 푸른안개 부족의 위협이 더 현실적이었다. 산맥 너머의 군대 따위는 유릭이 부족장 자리를 뺏으려고 지어낸 가짜 위협이라 생각했다.

찌익, 찍.

유릭은 수풀 사이로 나오는 커다란 들쥐를 발견했다. 그는 허리춤에 차고 있던 도끼를 던져서 들쥐를 반으로 쪼갰다.

"이걸로 몸보신이나 시켜줘야지."

유릭은 즉석에서 들쥐의 내장을 빼고 가죽을 벗겨냈다. 어느새 들쥐는 살코기만 남은 채로 대롱대롱 흔들렸다.

"할망구."

유릭은 주술사의 천막으로 들어갔다.

"예끼, 저주받은 놈!"

들어가자마자 주술사가 돌멩이를 던졌다. 유릭은 고개를 흔들어서 돌멩이를 피했다.

"부족장이 여기서 할망구 좀 보살피라고 했어. 고기도 좀 먹이고."

유릭이 태연하게 천막 안에 짐을 풀었다.

"너 때문에 재앙이 닥칠 거다! 재앙이!"

주술사가 바들바들 떨었다. 그녀는 한때 유릭을 빛의 전사라 치켜세웠었다.

"재앙이야 닥칠 때가 되면 닥치는 거지."

유릭은 나무막대기에 들쥐 고기를 꿰어서 화로에 올렸다.

치이익.

들쥐 고기가 금방 노릇하게 익어갔다. 주술사는 유릭을 탓하면서도 고기를 보며 입맛을 다셨다. 노파 혼자서 숲에 살다 보니 고기를 먹기가 힘들었다.

"당분간 신세 좀 질게."

짐을 푼 유릭이 화로 앞에 앉았다. 그는 노파 주술사를 잘 알고 있다. 겉으론 저래도 속으론 유릭을 나쁘게 생각하지 않을 터다.

'단지 삐진 거지.'

주술사는 어린 시절부터 유릭을 보아왔다. 손자처럼 아끼던 전사를 진심으로 미워할 리가 없었다.

"지즐 놈이 너를 밀어낼 줄 알았다."

그녀가 주름진 얼굴로 말했다.

"족장의 명령은 따라야지. 내키진 않아도 말이야."

유릭은 남의 명령을 잘 듣지 않으나, 바위도끼 부족장이라면 이야기가 달랐다. 권위에 굴하지 않는 유릭일지라도, 자신의 부족장만큼 존중했다. 부족장은 부족을 이끄는 가장이다.

"그날 산맥에만 오르지 않았다면 넌 부족장이 되었을 거다.

부족의 여인들이 너의 씨를 받기 위해 밤낮 가리지 않고 달려들었겠지. 이웃 부족들은 네가 두려워 공물을 바쳤을 거야! 넌 금기를 어겨서 그 모든 자격을 잃은 거다!"

주술사가 피를 토하듯 말했다. 그녀는 그게 안타까웠다. 유릭은 바위도끼 부족을 전성기로 이끌 전사였다.

"난 대신에 더 많은 걸 얻었어."

"헛소리! 저주밖에 얻은 게 없겠지!"

"할머니, 내가 산맥 너머에서 얻은 건 지혜와 지식이야. 여기서는 죽었다 깨어나도 얻지 못할 보물이지."

유릭이 익어가는 들쥐 고기를 뒤집으며 말했다.

"…그게 부족의 영광과 족장 자리를 던지면서도 얻을 가치가 있었더냐."

주술사가 한숨을 쉬며 바위소금을 꺼냈다. 그녀는 들쥐 고기 위에 바위소금을 문질렀다.

"충분하고말고! 농담이 아니야. 산맥 너머에는 인간이 살고 있었어. 내 두 눈으로 똑똑히 봤어, 내 손에는 그 사람들의 피가 묻어 있지. 그곳에도 여기처럼 친구가 있고 적도 있었어. 악령이나 영혼이 아니야, 그저 사람이 사는 세계였지."

유릭이 신이 나서 말했다. 그가 만난 사람들… 태양신 루, 북부의 울가로.

주술사의 눈동자가 떨렸다. 그녀의 눈에 보이는 유릭은 아이처럼 천진난만했다. 저런 얼굴로 거짓말을 할 수 있는 사람이 있을까?

주술사가 손가락을 파들파들 떨며 말했다. 입술은 새파랗게 질렸다. 그녀는 몇 번이나 심호흡하며 마음을 다스렸다.

쉭쉭, 괴이한 소리가 귓가를 스쳤다. 천막의 그림자 사이로 시뻘건 눈을 가진 악령들이 움직이는 듯했다. 화로 앞인데도 오한이 돌았다. 그녀는 눈을 질끈 감았다 떴다.

"계속 말해보거라, 유릭. 산맥 너머에 사는 신과 인간에 대해서."

노파는 용기를 냈다.

푸른안개 부족은 인근 부족을 셋이나 굴복시켰다. 복속된 부족들은 자신의 아이를 노예로 바치며 공물을 보냈다. 막강한 위세였다. 소문은 금방 초원과 황무지로 퍼져 나갔으며, 주변 부족들은 푸른안개 부족의 확장을 경계했다.

"우부부부!"

푸른안개 부족의 전사들이 입을 두드리며 소리를 냈고, 몇몇은 뒤에서 뿔피리를 불었다. 뿔피리의 날카로운 소리가 바위도끼 부족의 입구까지 날아왔다.

"푸른안개 놈들이다!"

바위도끼 부족에도 종소리가 여러 번 울렸다. 전사들은 무장을 했고, 부족장 지즐도 사자가죽 투구를 쓰곤 앞으로 나왔다.

"몇 명이지?"

"일곱 명입니다."

"사절이로군."

지즐이 인상을 찌푸렸다.

푸른안개의 사절들은 사절인데도 위협적으로 굴었다. 그들은 얼굴부터 상반신까지 푸른색 전투화장을 하고 있었는데, 말린 수초를 빻아서 만든 가루를 아교물에 갠 것이었다.

"올 것이 왔군."

언젠가 푸른안개 부족이 찾아올 거라 예상했다. 바위도끼 부족은 그간 화살과 무기를 비축하며 전쟁을 준비했었다.

푸른안개의 사절은 험악하게 마을 안으로 걸어 들어왔다. 그들의 걸음걸이에서는 힘이 넘쳐흘렀다.

"좋은 마을입니다, 지즐 부족장."

사절이 마을을 둘러보며 말했다. 지즐은 천막으로 들어가며 사절에게 데운 염소젖을 대접했다.

"푸른안개 부족이 여기까지 어쩐 일인가?"

천막 안으로 바위도끼 부족의 주요 인사들이 들어왔다. 제사장과 부족장, 그리고 영향력 있는 전사와 원로들. 모두가 부족장의 결정에 영향을 미치는 사람들이다.

푸른안개의 사절은 파란 얼굴로 하얀 눈동자를 번뜩였다. 그의 누런 이빨이 사납게 드러났다.

"푸른안개의 부족장 사미칸께선 바위도끼 부족과의 평화를 원합니다."

사절이 고개를 숙이며 말했다.

"우리도 그대들과의 평화를 원한다."

지즐의 표정은 여전히 딱딱했다. 평화만 원했다면 이렇게 사절을 보낼 리가 없다.

"지즐 부족장, 바위도끼 부족은 예전부터 용맹으로 이름이 높았습니다. 바위도끼 부족의 전사들이 떼를 지어 이동하면 황무지의 부족들은 벌벌 떨며 천막 안으로 숨어들어 가기 바빴지요."

사절의 말은 과언이 아니었다. 바위도끼 부족은 호전적인 편이었다. 건기의 기미가 보이면 바위도끼 전사들이 주변 부족을 순회하다시피 하며 약탈하고 다녔다. 그래야만 부족민들이 굶주리지 않고 가뭄과 건기를 버티기 때문이다.

"…우리 부족장 사미칸께선 그런 바위도끼 부족의 호전성을 걱정하고 계십니다."

사절이 지즐을 바라봤다. 지즐의 눈이 가늘었다.

"그래서?"

"털이 나지 않는 사내아이들을 푸른안개 부족으로 보내시지요. 그럼 평화가 있을 겁니다."

사절이 말하자마자 사방에서 고함과 욕설이 쏟아졌다. 전사들은 당장에라도 사절을 죽여 버릴 듯이 위협적으로 굴었다.

지즐이 전사들을 진정시켰다. 그는 조언자들의 얼굴을 살피며 고개를 끄덕였다.

사내아이들을 볼모이자 노예로 다른 부족에게 보내는 것. 그건 부족의 미래를 뺏기는 거나 마찬가지다.

"그게 푸른안개 사미칸의 제안인가?"

"푸른안개의 뜻입니다."

사절이 대답을 기다리며 고개를 숙였다.

"이 땅의 흙 한 줌, 풀 한 포기조차 그대들에게 내어줄 건 없다."

지즐이 선언했다. 그 말을 기다리던 전사들이 발을 구르며 환호했다. 그들이 사절을 향한 야유를 쏟아냈다.

"그럼 전쟁이군요."

"서둘러 달리는 게 좋을 거다. 물고기를 먹는 전사여."

지즐의 경고에 사절이 고개를 꾸벅 숙였다. 그들은 걸어서 마을을 나갔다. 사절들에게 손을 대는 사람은 없었다.

끼이익.

거리를 벌린 사절이 활을 들었다. 그들은 바위도끼 마을 입구를 향해 화살을 날렸다.

푹.

화살이 마을 입구쯤에 꽂혔다. 물고기 뼈가 달린 화살이었다. 그건 죽음의 경고였다.

"전쟁이다!"

전사들이 마을을 돌아다니며 외쳤다. 그들의 고함이 사방에서 퍼졌다.

"오오오오오!"

전사들은 일과를 멈추고 무기를 손질했다. 길어야 다섯 밤 이내에 전투가 벌어질 터였다.

"부족장, 모든 전사를 소집하겠소."

전사장이 말했다. 지즐보다 열 살 정도 많은 사내였다.

"유릭은 빼시오. 그놈은 또 산맥 이야기를 하면서 사기를 떨어뜨릴 테니까."

지즐은 유릭을 전력에서 제외했다. 뛰어난 전사였지만 공을 세울 기회를 주긴 싫었다.

'원래는 전력으로 쓸 생각이었지만……. 놈의 영향력이 너무 커졌어.'

지즐의 생각보다 유릭은 부족에 쉽게 녹아들었다. 그게 지즐의 심기를 거슬렀다. 차라리 죽은 듯이 얌전히 지냈다면 그냥 놔뒀을 터다.

전사장이 다른 전사들을 향해 손짓했다. 전사들이 흩어지며 마을에 없는 전사들을 모으러 뛰어갔다. 바위도끼 부족은 모든 전력을 모아 푸른안개 부족과 싸울 터였다. 부족 간의 전쟁은 대개 한 번의 전투로 승패가 갈린다. 물러설 곳은 없었다.

유릭은 노파 주술사와 숲에서 생활했다. 시간은 가는지도 모를 정도로 빠르게 흘렀다.

"봐봐, 오늘은 토끼를 두 마리나 잡았어."

유릭이 토끼의 귀를 잡아 들어 올리며 말했다. 소박한 하루하루였다. 제국의 침략이나 푸른안개 부족의 위협이 무색할 정도였다. 세속에서 벗어난 평온은 유릭의 불안마저 가라앉혔다.

'어쩌면 제국은 산맥을 넘지 못할지도 몰라.'

그런 안일한 생각이 들었다. 유릭은 하늘산맥에서 리갈 아르텐을 죽이고 왔다. 그것 때문에 제국은 정복사업을 거둘지도 모른다.

'제국이 쳐들어오지 않는다면 나는 거짓말쟁이가 되겠지. 뭐, 그것도 나쁘지 않아.'

유릭은 공공연하게 산맥 너머에 적이 있다고 떠들었다. 유릭을 따르는 부족전사들조차 그 말에 반신반의했다.

찌르르르.

벌레 우는 소리가 들렸다. 유릭은 혼자서 얼마든지 살아갈 자신이 있었다.

'모든 걸 던져 버리고 은거라도 할 셈이냐.'

유릭이 피식 웃으며 토끼의 가죽을 벗겼다.

"고기는 거기 솥에 넣어."

주술사가 천막에서 머리만 내밀며 말했다.

유릭은 손질한 고기를 솥에 넣었다. 주술사는 산채가 담긴 바구니를 엉거주춤하게 들고 나왔다.

"그거 너무 많이 넣지 마, 쓰더라고."

유릭이 산채를 보며 말했다.

"쓴 게 몸에 좋은 거지."

주술사는 유릭의 말을 들은 체도 하지 않으며 산채를 솥 안에 쏟아 넣었다. 유릭이 인상을 찌푸렸다.

"좋은 고기 다 망쳤네, 망할 할망구."

유릭은 오묘한 향이 풍기는 솥을 보며 정색했다.

주술사의 일과는 단순했다. 숲과 하늘산맥 밑을 오가며 약초를 캤다. 가끔씩은 주술사답게 동물 뼈를 꺼내 점을 치거나, 하늘을 보며 흐름을 읽었다.

"유릭, 네 말을 들어보면 울가로는 조상신이고 루는 정령이로군."

주술사가 나무주걱으로 솥을 휘휘 저었다. 국이 부글부글 끓어올랐다.

"태양신이 정령이라고? 에이, 그건 아니지."

유릭이 손을 저었다. 문명세계에서 태양신의 위세는 대단했다. 고작 정령이라고는 믿기지 않았다.

"세상 만물에는 정령이 깃들어 있네. 이 돌멩이에조차 말이야. 태양이라고 예외는 없어."

주술사가 돌멩이 하나를 들어 올리며 말했다.

"정령……."

"그리고 우리의 영혼은 죽어서 산맥으로 향하지."

주술사가 깡마른 손가락을 들어 올렸다. 그녀는 눈이 쌓인 산맥의 봉우리를 가리켰다.

"그 뒤에는? 우리 영혼은 산맥을 넘어서 어디로 가는 거지? 산맥 너머의 사람들 말대로 그저 악귀나 악령이 되어 떠도는 거야? 정말로?"

"그건 나도 모르지."

주술사가 시커먼 이를 드러내며 대답했다. 유릭이 허탈하게 웃었다.

"……주술사가 그걸 모르면 어떡해?"

"우리가 볼 수 있는 건 영혼이 산맥을 향해 가는 것뿐이야. 당연히 그 너머로 영혼의 세계가 있을 거라 생각했던 거지."

주술사가 약가루를 대마초에 말아 유릭에게 건넸다. 전통의 비법에 따라 배합한 약이었다. 약초 조합법은 주술사의 가장 중요한 비밀이었다. 조합법에 따라 효과가 달랐다.

"전사는 그런 거 피우지 않아."

유릭은 주술사의 약을 거부했다. 심각한 부상을 입었을 때나 피우는 약이었다. 은퇴한 전사들이나 하릴없어 주술사에게 약을 받아 피우곤 했다.

'약에 맛 들이면 어떻게 되는지는 이미 경험했어.'

의욕이 없이 만사에 나른해지고, 눈앞의 쾌감에 함몰된다.

"종종 어둠 속에서 악령을 본다고 하지 않았나?"

"가끔."

"이걸 피우면 훨씬 잘 보일 거네. 평소에 보지 못했던 걸 볼 수 있지."

그 말에 유릭이 잠시 혹했다. 그는 주술사가 건넨 약을 챙겨서 안주머니에 넣어뒀다.

"부상을 입었을 때 피울 거야."

유릭이 약을 챙기며 그렇게 말했다. 주술사가 어깨를 으쓱하며 솥에 담가둔 토끼 고기를 꺼냈다.

"먹어, 할망구."

유릭이 토끼 다리를 뜯어서 주술사에게 넘겼다. 주술사가 웃으면서 얼마 없는 이로 고기를 질겅질겅 씹었다.

"네가 오고 좋은 점은 딱 하나가 있군, 고기를 자주 먹는다는 거지. 낄낄."

"내가 사라지고 나서 고기를 가져다주는 사람이 없었어?"

"모두 자기 입이 제일 궁한 법이지."

"그렇긴 해."

유릭이 고개를 끄덕이며 토끼의 몸통을 크게 베어 물었다.

유릭과 주술사는 말없이 고기를 뜯고 국물을 마셨다. 유릭은 먹고 남은 토끼 뼈를 모아서 근처 숲에 버리고 왔다.

주술사는 다시 약에 취해 혼잣말을 중얼거리고 있었다. 유릭은 그 옆에 앉아서 어두워지는 하늘을 바라봤다.

유릭은 이미 혼자만의 세계로 들어간 주술사를 바라보며 중얼거렸다.

"……난 이 세상에서는 무서운 게 없지만. 만약에 말이야, 진짜 우리의 영혼이 그 어디에도 갈 곳이 없다면 그건 좀 무서운 일인 것 같아."

볼드는 다리를 절룩이며 숲을 걸었다. 그는 창을 지팡이 삼

아서 힘겹게 나아갔다.

'유릭에게 알려야 돼.'

볼드의 몸에는 생채기가 많았다. 아직도 옷과 피부 위에 묻은 핏자국이 지워지지 않았다.

"망할 놈들."

욕설이 절로 나왔다. 볼드가 숨을 길게 내쉬며 눈을 부라렸다.

바위도끼 부족은 호전적이면서도 강인한 부족이었다. 오랫동안 주변 부족들의 두려움을 샀다. 대립 관계였던 부족들도 마지막에는 바위도끼 부족에게 패배했다.

'우리가 졌어.'

볼드는 믿기지 않았다. 이틀이나 지났는데도 전투가 머릿속에 생생했다.

"비열한 놈들."

바위도끼 부족은 푸른안개 부족에게 패했다. 시퍼런 전투화장을 한 놈들에게 마을이 짓밟혔다. 털이 나지도 않은 사내아이들은 노예로 붙잡혀 갔고, 한창때인 여자들은 노리개로 끌려갔다.

'미래를 빼앗겼다.'

장차 전사가 될 사내아이, 그리고 아이를 낳을 여자. 이 둘을 빼앗긴 바위도끼 부족은 빠르게 몰락할 터다. 설사 재기를 하더라도 수십 년은 걸릴 일이다.

'주변 부족들은 우리가 패했다는 소식을 듣자마자 약탈하러 오겠지.'

지금 바위도끼 부족의 전사들은 태반이 부상을 입은 상태다. 약해진 전사들은 외부의 침입을 막지 못한다.

바위도끼 부족의 존속마저 위태로운 상황이었다.

'이런 상황인데도 유릭에게 알리지 말라고 하다니! 지즐은 권력에 눈이 멀었어.'

일개 전사 한 명이 합류한다고 상황이 달라질 건 없었다. 누구나 그렇게 생각했다.

'하지만 유릭이라면…….'

볼드는 기이한 희망을 품고 유릭을 찾아갔다. 남들이 안 된다고 말하면, 유릭은 혼자서 될 거라 말하며 태연하게 해내던 사내였다.

"유릭-!!"

볼드가 숲에서 고함을 질렀다. 그의 고함이 나뭇잎과 바람을 타고 흘러갔다.

스스스.

대답은 없었다. 볼드가 다시 숲을 걸었다. 부상을 입은 다리에서 핏물이 새어 나왔다.

"볼드."

활을 든 유릭이 숲에서 나타났다. 그는 볼드의 꼴을 보며 모든 걸 알아챘다.

"우린……."

"말하지 않아도 알겠어. 푸른안개와 싸워서 패했군."

유릭이 볼드를 부축하며 말했다. 그도 푸른안개 부족이 곧 쳐들어올 거라는 소문을 진작 알고 있었다.

"그래, 졌어. 아이들과 여자들은 끌려갔지."

유릭이 눈을 감으며 이를 바득 갈았다.

"놈들의 숫자가 우리보다 많았어?"

"비슷했어, 아니, 놈들이 조금 많긴 했지. 하지만 숫자에서 차이가 크게 나진 않았어."

볼드가 전투를 떠올리며 대답했다.

'바위도끼 부족의 전사들이 패하다니…….'

유릭이 엉망이 된 볼드를 쳐다보며 생각했다.

바위도끼 부족은 오랫동안 강자로 군림한 부족이다. 푸른안개 부족이 소문대로 철이 나는 땅을 발견했더라도, 바위도끼 부족이 쉽게 밀리진 않으리라 생각했다.

"처음 보는 전투방식이었어, 유릭."

볼드가 홀린 듯이 중얼거렸다.

"뭐가?"

"어떤 놈은 기다란 창을 들고, 어떤 놈은 커다란 방패를 세우더군. 단체로 움직이면서…….”

유릭이 우뚝 멈췄다. 그가 빳빳이 고개를 돌렸다.

“자세히 말해봐.”

볼드가 바위에 앉아서 나뭇가지로 땅바닥에 그림을 그렸다. 그는 푸른안개 부족의 전투방식을 유릭에게 설명했다.

‘고슴도치의 진.’

유릭은 확신했다. 푸른안개 부족의 전투방식은 문명인의 것이었다.

Chapter 2

유릭은 볼드를 노파에게 맡기고 혼자서 바위도끼 부족의 마을로 내려왔다.

마을의 천막들은 불에 그을려 부서져 있었고, 간간이 아녀자들의 울음이 들려왔다. 한쪽 편에서는 패배한 전사들이 신음을 흘리며 누워 있었고, 주술사들이 분주하게 움직이며 전사들을 치료했다. 주술사들이 태운 매캐한 향이 천막마다 피어올랐다.

"날 비웃으러 왔나? 유릭."

부족장 지즐이 의자에 앉은 채로 술을 마시고 있었다. 그도 부상을 입은 터라 멀쩡하지 않았다. 찢어진 상처가 팔다리 여기저기 있었다. 위엄의 상징인 깃털 투구는 너덜너덜했다.

"왜 나를 부르지 않았지?"

유릭이 지즐 앞에 서며 말했다.

"네가 있다고 결과가 바뀠을 것 같나? 오만하기 짝이 없군."

지즐이 코웃음 치다가 상처의 통증 때문에 인상을 찌푸렸다.

"이렇게 대책 없이 당하진 않았겠지."

유릭이 폐허가 된 마을을 가리키며 말했다.

"닥쳐라, 유릭. 멋대로 금기를 어기고 돌아온 주제에……. 난 네가 없는 동안 이 부족을 돌봤다. 그동안 바위도끼 부족을 지킨 건 네가 아니라 나야! 잘난 척하며 지껄이지 마라. 추방해 버리기 전에."

지즐이 으름장을 놓았다.

"형제와 가족을 내팽개치고 떠난 건 사실이야. 나는 돌아올 기회가 있었지."

유릭은 지즐의 성토에도 담담하게 대답했다. 그에 대해서는 변명의 여지가 없었다. 유릭은 형제와 함께하는 걸 택하지 않고, 호기심과 탐구심을 따라 미지로 향했다.

"그렇다면 내게 훈계하지 마라, 내 지위를 존중하고 따라와. 넌 일개 전사일 뿐이다, 유릭."

지즐이 창대를 거꾸로 들어서 유릭의 가슴을 찔렀다. 유릭이 비틀거리며 창대를 붙잡았다.

"……부족장은 존중해야 하지. 하지만 우리 부족이 몰락하는 걸 두 눈 뜨고 구경만 할 생각은 없어. 부족을 구할 수만 있다면 부족장의 권위 따윈 얼마든지 무시할 거다."

"유우우릭-!!"

지즐이 벌떡 일어나며 유릭의 멱살을 잡았다. 그가 주먹을 힘껏 날려서 유릭의 머리를 후려쳤다.

콰직!

유릭의 눈을 번뜩이며 얻어맞은 머리를 흔들었다. 그가 지즐의 팔을 붙잡으며 제압했다. 상처 입은 지즐은 유릭의 상대가 아니었다.

뿌드득.

유릭이 지즐의 팔을 뒤로 꺾으며 등에 올라탔다.

"너는 전투를 시작하기 전에 나를 불렀어야 했어. 푸른안개 부족이 썼던 전술은 이미 들었다. 너흰 듣도 보도 못한 전투방식이었겠지. 하지만 나는 놈들의 방식을 알아. 그건 산맥 너머의 싸움법이었다."

"또 산, 산맥 너머라는 거짓말을 지껄이는 거냐!"

지즐이 제압당한 상태에서도 외쳤다. 주변 전사들이 슬금슬금 다가왔다.

"유릭! 추방당하고 싶은 거냐! 부족장에게 손을 대다니!"

전사들이 유릭의 등을 향해 창부리를 들이밀었다.

"부족장이 먼저 흥분한 것뿐이야. 나는 자기방어를 한 거라고."

유릭이 손을 위로 들어 올리며 말했다. 풀려난 지즐이 유릭을 향해 주먹질하려다가 손을 내렸다.

"이미 우린 패했다, 유릭. 아이들과 여자들을 뺏겼어. 나는 패배한 부족장이다. 큭큭."

지즐이 뒷걸음질 치다가 의자에 다시 앉았다. 책임감과 부담감이 그의 가슴과 어깨를 짓눌렀다.

한번 패배한 부족은 다시 일어서기 힘들다. 한 세대 안에는 관계를 역전하기가 힘들었다. 그게 짓밟힌다는 의미였다. 바위도끼 부족도 주변 부족을 짓밟아왔기에 잘 알았다. 푸른안개 부족은 앞으로도 바위도끼 부족 위에서 군림하며 공물을 요구할 터다.

"정신 차려. 끝난 게 아니야. 우린 동맹이 필요해, 지즐."

"동맹? 누가 쓰러져 가는 부족과 손을 잡아줄까? 또 헛소리를 하는군."

지즐이 퀭한 눈으로 유릭을 밀쳤다.

"붉은모래 부족."

유릭이 뒷걸음질 치며 짧게 내뱉었다.

"정신을 차려야 할 사람은 너다. 붉은모래 부족이 우리와 동맹을 맺어서 얻을 이득은 없어. 동맹이 그렇게 쉽게 되는

줄 알아?"

지즐은 더 이상 유릭의 헛소리를 듣기 싫었다. 그는 다른 전사들을 시켜서 유릭을 내치려 했다. 끝까지 말을 듣지 않는다면 추방이라도 시킬 셈이었다.

"유릭, 정말로 붉은모래 부족과 동맹을 맺을 자신이 있나?"

뒤에서 듣고 있던 키룽카가 끼어들었다. 그는 유릭과 지즐 사이에 섰다.

"키룽카, 네가 나설 자리가 아니다!"

지즐이 팔을 저으며 외쳤다.

"지즐, 만약 유릭이 정말로 붉은모래 부족과 동맹을 추진할 수 있다면 보내야 돼. 이대로는 우리 부족의 미래는 없어."

키룽카가 지즐을 바라봤다.

'유릭을 견제하자고 말한 사람은 너다! 키룽카.'

지즐의 싯누런 눈동자가 그렇게 말하는 듯했다.

'나는 언제나 지즐의 편이지만, 부족의 존망이 달려 있다면 이야기가 다르지.'

키룽카는 대부분의 바위도끼 부족의 전사처럼 부족을 위해서라면 뭐든 할 수 있는 사내였다. 감정보다 부족의 존속이 더 중요했다.

"유릭에게도 기회를 줘야 돼."

"아이들과 여자들을 찾을 수 있다면야……."

전사들도 하나둘씩 유릭의 발언이 귀를 기울였다.

이미 부족장 지즐은 한 번 패배했다. 전사들은 다른 가능성을 가지고 있는 유릭에게 관심을 보였다.

무언의 압박감이 패배한 부족장의 가슴과 어깨를 짓눌렀다. 유릭을 이대로 내친다면, 전사들도 부족장 지즐에게 등을 돌릴 터다.

'지금까지 바위도끼 부족을 지킨 건 나야, 나라고. 저 유릭이 아니라.'

그 말이 목구멍까지 나왔다. 하지만 전사들의 선택은 현실적이고도 가혹했다. 그들의 충성은 부족장이 아닌 부족을 향한 것이다. 주군에게 충성하는 기사와는 달랐다.

'그게 우리들 전사지.'

유릭은 전사의 습성을 잘 알고 있다. 강한 자를 추종하며, 업적을 세운 자를 존중한다.

부족장은 언제나 불안한 자리다. 약해지면 물려 죽는다. 하물며 패배한 부족장의 지위는 더욱 위태로웠다.

"…어떻게 붉은모래 부족과 동맹을 맺을 거지? 우리가 내줄 건 없어."

지즐이 힘겹게 말했다.

"내겐 있어. 반짝이는 금속과 산맥 너머의 바깥 세계에 대한 정보."

"산맥 너머… 라고! 그 헛소리가 붉은모래 부족에게 먹힐 것 같아?"

지즐이 화를 냈다.

스르릉.

유릭은 자신의 칼을 뽑아서 땅바닥에 꽂았다. 전사들의 눈동자가 커졌다.

'소문은 들었지만 엄청난 칼이로군.'

제국강철검은 빛깔부터가 부족제 무기와 달랐다. 부족의 대장간에서 나올 수 있는 무기가 아니었다.

"붉은모래 부족은 오랫동안 철을 다룬 부족이야. 내가 알기로는 놈들보다 철을 잘 다루는 부족은 없어. 그런 붉은모래 부족이라면 내가 가진 무기의 가치를 알아볼 거다. 이 무기가 어디서 났는지 궁금해할 거야."

"산맥 너머에서 왔다는 소리를? 같은 부족도 안 믿는 이야기를 믿는다고?"

지즐은 계속 부정적으로 외쳤다.

"난 유릭의 말을 믿어."

"유릭은 거짓말을 그렇게 잘 지어낼 정도로 말재주가 좋은 녀석이 아니야."

지즐의 영향력이 줄어들자, 반기를 드는 전사들이 있었다.

"우린 이미 미래를 잃었어. 되찾지 못하면 끝장이지. 유릭이

가서 실패하든 성공하든, 손해 볼 건 없다."

전사들의 반응은 서늘했다. 부족장의 말에 호응해 주는 이가 없었다.

"키룽카, 네가 유릭을 따라가라."

지즐이 머리를 숙이며 말했다. 키룽카가 고개를 끄덕이며 지즐 옆으로 다가왔다.

"우린 아이들과 여자들을 다시 데려와야 돼. 그러려면 동맹이 필요하지. 지금 중요한 건 그것뿐이다."

키룽카가 지즐의 어깨를 툭툭 쳤다.

스릉.

유릭은 땅에 박힌 칼을 뽑아서 집어넣었다. 그가 주변을 둘러봤다. 전사들이 어느새 많이 모여 있었다.

"부족장의 허락이 떨어졌으면 망설일 것도 없지. 지금 출발한다. 팔다리 멀쩡한 놈으로 열 명만 따라와."

유릭이 말했다. 주변의 전사들은 아우성거리며 서로 나섰다.

'지즐이 실패했으니, 이제 유릭의 차례다.'

키룽카가 팔짱을 끼며 유릭을 바라봤다. 유릭은 전사 열 명을 차출했다. 오랫동안 부족을 떠나 있었는데도 부족전사들을 잘 다뤘다. 타고난 부족장의 기질이 보였다. 오히려 부족장인 지즐보다도 명령하는 데 더 익숙한 듯했다.

유릭은 숨겨둔 발톱을 드러냈다. 그는 지난 삼 년간 관광하듯 문명세계를 돌아다닌 게 아니었다. 삼 년이 십 년인 것처럼 치열하게 살아왔다. 그는 더 대단한 전사가 되어 돌아왔다.

유릭과 키룽카, 그리고 열 명의 전사가 마을에서 나왔다. 길을 잃지 않아도 붉은모래 부족까지는 열흘이 걸릴 터였다.

"산맥 너머의 사람들은 '진형'이라는 걸 짜서 싸워. 우리처럼 마구잡이로 달려들진 않지. 일정한 간격을 유지하며 약속된 행동을 정해둬. 그렇게 상황에 맞춰서 한 몸처럼 약속된 행동을 하지."

유릭은 걸어가며 말했다. 그는 다른 전사들을 만날 때마다 산맥 너머에서 배운 지식을 전하는 데 힘썼다. 앞으로 필요한 지식들이었다.

"푸른안개 부족전사들은 2인 1조로 방패와 창을 나눈 거야. 너희에겐 낯선 방식이겠지. 한 명은 방패와 짧은 무기를 들고, 다른 하나는 기다란 창을 들었을 텐데, 앞에서 한 명이 막고 있으면 뒤에서 찔러. 더군다나 방패 전사들은 여러 명이 어깨를 맞대서 벽처럼 움직이지. 그런 벽에 정면으로 돌격하면 창에 찔려 죽어 나갈 뿐이야."

유릭이 설명했다. 그는 문명세계에서 많은 전투를 지휘하고 경험했다. 덕분에 유릭은 어지간한 문명세계의 기사만큼 전투 지식이 풍부했다.

"그런데 푸른안개 놈들이 어떻게 그런 전투법을 쓴 거지?"

키룽카가 물었다. 다른 전사들도 그게 의문이었다.

푸른안개 부족은 지금까지 부족세계에 없었던 획기적인 전투방식을 사용했다. 개인의 기량에 의존하지 않고, 전사가 아닌 병사가 되어 부대 단위로 행동했다.

"나처럼 산맥 너머와 접촉한 사람이 있겠지. 아니면 산맥 너머에서 온 사람이 있을지도……."

유릭의 눈동자가 미미하게 떨렸다. 마음 같아서는 당장에라도 푸른안개 부족과 접촉해서 실체를 확인하고 싶었다. 하지만 바위도끼 부족이 몰락하는 걸 지켜만 볼 수 없었다.

"또 산맥 너머 타령이로군."

키룽카가 빈정거렸다.

"키룽카, 날 믿기로 했으면 토를 달지 마라. 내가 산맥을 넘었다는 걸 믿기 힘들다면 지즐에게 돌아가."

유릭이 서늘하게 말했다. 그의 경고는 강렬했다. 지금까지는 누가 자신을 거짓말쟁이로 치부해도 가만히 있었으나, 이제부터는 따지고 들었다.

"명심하지."

키룽카가 입술을 비틀었다. 식은땀이 흘렀다.

'본색을 드러냈군, 유릭.'

유릭은 그동안 남들이 빈정거려도 얌전히 듣기만 했었다. 하지만 유릭은 원래 그런 사람이 아니었다. 유릭은 부족의 제일가는 전사이자 살인마였다.

또래들이 성인식으로 맹수사냥에 나설 때, 유릭은 다른 부족의 전사를 죽여서 그 목을 가져왔었다.

'그런 놈이 유릭이다.'

키룽카는 정신이 번쩍 들었다. 유릭은 적에게 재앙과도 같았다. 만약 다른 부족이었다면 얼굴조차 마주하기 싫었을 터다.

붉은모래 부족으로 가는 길은 지루했다. 그들은 황무지와 초원을 몇 번이나 통과했다.

"여전히 더럽게 넓군. 말이라도 있으면 좋을 텐데."

유릭이 혼잣말로 중얼거렸다.

"말? 먹기라도 하게? 별로 맛없잖아."

다른 전사가 유릭의 혼잣말에 대꾸했다.

"아니, 타고 다닐 수 있거든."

"말도 안 되는 소리 하네. 어떻게 말을 타고 다녀?"

"하, 진짜라니까. 길들여서……. 크, 푸하핫!"

유릭을 말을 하려다가 말았다. 웃음이 크게 터져서 혼자 무륭을 쳤다. 주변 전사들이 미친놈 보는 표정으로 유릭을 바라봤다.

'제기랄, 바크만! 이게 네 기분이었군!'

갑자기 바크만이 생각났다. 바크만은 바다를 설명했었지만, 유릭은 직접 보기 전까지는 그 말을 좀처럼 믿지 못했었다.

서부의 말은 문명세계의 말과 달랐다. 서부의 말은 더 짜리몽땅하며 사납고 거칠었다. 그저 생긴 것만 비슷할 뿐이었지 가축화가 불가능한 동물이었다.

유릭은 서두르거나 조급해하지 않았다. 부족의 형제들이 문명세계와 산맥 너머를 이해하지 못하는 건 당연했다.

'내가 삼 년에 걸쳐 배웠듯이, 이들도 배우면 된다.'

유릭은 꾸역꾸역 걸었다. 전사들도 별말 없이 잘 따라왔다. 부족의 전사들은 뛰고 걷는 데 이골이 난 자들이었다.

사흘이 더 지났고, 유릭은 서서히 윤곽을 드러내는 붉은 언덕을 바라봤다.

붉은모래 부족은 이름 그대로 붉은색이 드리워진 대지에 자리를 잡은 부족이다. 그들은 오랫동안 번영을 누려온 부족이었고, 어떤 호전적인 부족도 붉은모래 부족만큼은 건드리지 못했다.

'철을 다루는 부족.'

붉은모래 부족은 철이 나는 땅을 가지고 있다. 많은 부족이 붉은모래 부족과의 물물거래를 통해 철을 얻었다. 붉은모래 부족은 현명하게 자원을 이용해서 덩치와 힘을 키웠다. 약탈을 일삼는 부족조차 붉은모래 부족을 건드리지 못했다.

"붉은모래 부족장의 이름이 타카두였나?"

유릭이 기억을 더듬으며 말했다.

"타카두는 일 년 전에 죽었다."

키룽카가 대답했다.

"그래? 지금은?"

"벨루아."

"제법 계집애 같은 이름이군."

"계집애가 맞으니까."

키룽카가 담담하게 말했고, 유릭이 고개를 휙 돌렸다.

"네 재미없는 얼굴을 보니 농담이 아니군, 키룽카. 제사장이라면 몰라도 여자가 부족장이라니……."

"붉은모래 부족의 전통은 특이하니까."

"알아. 가장 좋은 무기를 만든 대장장이가 족장이 되잖아. 잘도 사내새끼들이 여자를 부족장으로 인정했나 보네."

유릭도 듣는 순간 농담이라 생각할 정도였다. 황무지와 초원에서 여자가 부족장이 된다는 건 이변 중 이변이었다. 같은 부족의 사내들은 물론이고, 다른 부족에서도 무시하기에 십상이다.

"나는 벨루아를 딱 한 번 만난 적이 있어. 만나기 전에는 나도 너처럼 그런 생각도 했었지. 하지만 만나고 나서는 인정할 수밖에 없었어. 벨루아는 붉은모래의 부족장이다. 여자라고 생각하지 마라."

유릭은 키룽카가 왜 그런 말을 했는지 곧 알 수 있었다.

유릭 일행은 붉은 언덕을 가로질러 대장간의 연기가 자욱하게 흘러나오는 붉은모래 부족의 마을에 도착했다. 마을 입구에서는 철 교역 때문에 온 타 부족 사람들이 종종 보였다.

"바위도끼 부족에서 왔다."

키룽카는 교역 때문에 붉은모래 부족에 여러 번 왔었다. 그만 그런 게 아니라 주변 부족의 전사라면 붉은모래 마을을 한번쯤 들러본 경험이 있었다. 철 생산지라는 특수성 때문에 나름대로 교역의 중심지가 된 셈이었다.

"거래하러 온 것치고는 짐이 가벼워 보이는군."

마을 입구를 지키던 붉은모래의 전사가 말했다.

"거래하기 위해 온 게 아니야. 우린 바위도끼 부족장의 대리인이다. 붉은모래 부족장과 할 이야기가 있어. 중요한 일이다."

붉은모래 전사들은 자기네들끼리 숙덕거렸다. 그들 중 한 명이 마을 안쪽까지 들어갔다.

"들어와라. 손님을 기다리게 했군."

붉은모래 전사가 고개를 끄덕였다.

마을 안쪽에 있는 대형천막에 다가가자, 카랑카랑한 목소리가 유릭의 귀에 들렸다.

“장난해? 무두질도 제대로 못 해서 썩은 내까지 나잖아. 이걸 어디에다가 써먹어? 대갈빡을 그냥 쪼개 버릴라.”

천막 안에서 모피를 잔뜩 든 사내가 쫓겨나왔다. 그는 투덜거리며 천막 안을 쳐다보며 유릭 일행 옆을 스쳐 갔다.

“헹, 계집년이 뭘 알겠어. 자기가 뭔데 내 가죽이 좋다 마다야?”

사내가 주섬주섬 모피를 챙기며 중얼거렸다.

콰-직!

천막 안에서 도끼 한 자루가 날아왔다. 도끼가 사내의 등짝에 박혔다.

“커, 커억!”

사내가 주춤거리며 비명을 질렀다.

저벅, 저벅.

천막 안에서 누군가가 걸어 나왔다.

“방금 뭐라고 했어? 빌어먹을 자식아.”

천막 안에서 나온 사람은 여자였다. 유릭은 그녀가 붉은모래의 벨루아라는 걸 단번에 알아봤다. 여자로 보지 말라는 키룽카의 말도 이해가 됐다.

"나, 나는 천둥새 부족의……."

등에 도끼가 꽂힌 사내가 발악하며 말했다. 벨루아는 사내의 등에 꽂힌 도끼를 단숨에 뽑았다. 그녀는 도끼를 빙글 돌리며 바로 잡더니, 곧바로 사내의 손목을 찍었다.

"카아악!"

사내가 잘린 손을 부여잡으며 비명을 질렀다. 벨루아는 부족의 전사들을 손짓하며 불렀다.

질질.

전사들이 손이 잘린 사내를 질질 끌고 갔다.

천둥새 부족은 붉은모래 부족장이 바뀐 뒤로 처음 교역을 했었고, 이번 일로 교훈을 얻었을 것이다. 새로운 여자 부족장을 무시하면 안 된다는 교훈.

"내 말의 의미를 알겠지? 유릭."

키룽카가 유릭 옆에서 속삭였다.

"정말로 그렇군."

유릭이 동의하며 고개를 끄덕였다.

붉은모래 부족의 벨루아는 어지간한 부족 사내만큼 덩치가 컸다. 팔뚝은 사내들도 한 손으로 내던질 만큼 우락부락했고, 전신은 여성스러운 곡선이 보이지 않을 정도로 단단한 근육질이었다.

'화상 자국, 뛰어난 대장장이의 상징이지.'

유릭은 눈을 굴리며 벨루아를 관찰했다.

벨루아의 팔과 어깨 쪽에는 화상으로 입은 흉터가 수두룩했다. 어깨를 타고 올라온 화상의 흉터는 목과 뺨까지 닿아 있었다. 그녀의 손아귀는 전사처럼 굵고 단단했으며 흉터와 화상으로 일그러져 멀쩡한 손톱과 피부가 없었다.

'여자가 황무지의 전사들에게 인정받았다. 당연히 어지간한 남자 부족장들보다 낫겠지.'

벨루아가 머리카락을 쓸어 넘기며 유릭을 노려봤다. 유릭을 안내한 전사가 벨루아의 귓가에 속삭였다.

"바위도끼? 우리와 접점이 없는 놈들이잖아?"

벨루아가 전사의 말을 듣고 중얼거렸다. 바위도끼와 붉은모래는 무심한 사이였다. 필요에 따라 교역을 할 뿐이었다.

키룽카가 앞으로 나섰다.

"우린 바위도끼 부족장의 대리인으로 여기 왔소."

대리인이라는 소리에 벨루아가 이맛살을 찌푸렸다.

"일단 들어와."

벨루아가 손가락을 까딱이며 먼저 천막으로 들어갔다.

'바위도끼, 산맥과 멀지 않은 곳에 자리한 놈들. 무슨 용무로 여기까지 왔을까?'

벨루아가 찬찬히 자리에 앉으며 생각했다.

"아까도 봤으니 알겠지만, 나는 그리 여유가 많은 사람이 아니야. 그래, 대장이 넌가?"

벨루아가 유릭과 키룽카를 번갈아 보다가 유릭을 가리켰다. 그녀는 무리의 대장을 단숨에 읽어냈다. 다른 부족과의 교역을 밥 먹듯 하는 붉은모래의 수장다웠다.

"바위도끼 부족의 유릭."

유릭이 짤막하게 대답했다.

"유릭?"

벨루아가 반문하며 다른 전사들을 쳐다봤다. 유릭은 막 전사로 명성을 떨칠 즈음에 산맥을 넘어섰다. 유릭의 이름은 붉은모래 부족까지 닿지 않았다.

"길게 말할 것도 없지. 우린 붉은모래 부족과의 동맹을 원한다."

동맹이라는 단어가 나오자, 붉은모래의 전사들이 술렁였다.

"동맹이라, 갑작스럽군."

벨루아가 턱을 괴며 몸을 비스듬하게 기울였다. 그녀는 몇 번이나 부러졌다가 붙은 손가락을 들어 올렸다. 그녀가 입꼬리를 비틀며 입을 열었다

"…너희들, 푸른안개 부족에게 당했지?"

벨루아는 핵심을 찔렀다. 푸른안개 부족의 활동이 심상치 않다는 건 소문으로 들었다. 바위도끼 부족은 자존심이 강하고 호전적인 부족. 그런 바위도끼 부족이 먼저 동맹을 청하러

왔다.

'뻔하지.'

벨루아가 웃었다. 그녀가 족장이 된 지 2년, 그녀는 아직 젊은 나이였으나 족장에 걸맞은 통찰력이 있었다.

"정곡을 찔렀나 보네. 큭큭."

벨루아가 고개를 살짝 숙이며 어깨를 들썩였다.

"패배자에겐 볼일 없어. 동맹? 부족이 멀쩡한 상태라도 할까 말까 한데? 개 같은 소리지. 그냥 우리 밑으로 들어와라. 그러면 보호를 해주지. 아니면 꺼져."

키룽카를 비롯해 바위도끼 전사들이 부들부들 떨었다. 벨루아의 말은 전부 사실이었다.

'우린 치욕을 받으려고 여기까지 온 게 아니다, 유릭.'

키룽카가 유릭을 쳐다봤다. 유릭이 동맹을 맺을 여지가 있다고 말했기에 여기까지 온 것이다.

"거래 조건은 이거다."

유릭이 들고 있던 짐을 땅에 내려놓았다.

철컹, 철컹.

쇳덩어리들이 바닥에 쿵쿵 나뒹굴었다. 유릭의 강철갑옷이었다. 투구와 흉갑, 장갑과 각반이 모습을 드러냈다.

스르릉.

귀를 홀릴 만한 깔끔한 검명이 천막 안을 휩쓸었다. 제국강철검이 매끄러운 검신을 드러냈다.

"철로 만든 갑옷?"

철산지인 붉은모래 부족에서도 철로 갑옷을 만들진 않았다. 갑옷을 만들 철이면 무기를 더 만드는 게 이득이며, 기껏 갑옷을 만들어도 만드는 수고에 비하면 터무니없이 쓸모가 없었다.

"내 목을 걸고 맹세컨대, 붉은모래 부족도 이거보다 좋은 무구는 만들지 못할 거다. 내 말이 틀렸으면 당장 목을 베도 좋아."

철을 다루는 기술은 붉은모래 부족의 자존심이었다. 붉은모래 전사들이 인상을 찌푸리며 유릭을 노려봤다. 사나운 살기 속에서 유릭은 태연하게 서 있었다.

끼익.

벨루아가 일어서며 한 발자국 다가왔다. 그녀가 유릭의 무구를 살폈다. 들어보고 매만지며 톡톡 두들겨 보기도 했다.

'강도에 비해 얇아.'

얇지만 강성이 장난이 아니었다. 단순히 얇은 게 아니라 압축하듯 두드린 철판이었다. 톡톡 두들겨 봐도 탄성과 강성이 골고루 느껴졌다.

'우리 기술과 철로는 이렇게 날을 날카롭게 만들지 못해.'

부족의 철제무기는 날이 두툼한 편이었다. 제국강철검처럼 만들다간 전투 중에 쉽게 휘어버린다.

'광택.'

벨루아가 홀린 듯이 제국강철검을 매만졌다. 금속 자체가 빛나는 듯했다. 얼굴이 비칠 정도로 매끄러운 검면이었다. 제국강철은 부족의 야금술을 까마득히 초월한 기술이었다.

"내 목을 칠 생각이 들어?"

유릭이 말하자, 벨루아가 움찔하며 소리를 질렀다.

"넌 좀 닥치고 있어 봐! 대장장이들을 불러!"

벨루아의 명을 받든 전사들이 천막 바깥으로 나갔다.

'먹혔다.'

키룽카는 주먹을 불끈 쥐었다. 붉은모래 부족장은 유릭의 무구에 관심을 보였다.

'전사의 욕망이 아니야, 대장장이의 호기심인 거지.'

다른 부족 같았으면 유릭을 죽이고 무기를 뺏는 걸로 만족했을 것이다. 하지만 붉은모래 부족은 철을 다루는 부족, 결과물인 무구보다 제작방법을 탐했다.

"힘을 줘도 휘지 않습니다. 그러면서도 단단하군요."

늙은 대장장이가 유릭의 흉갑을 매만지며 말했다.

"잘 봐."

유릭이 도끼를 들고는 흉갑을 가볍게 내리쳤다.

깡!

흉갑은 비스듬한 경사가 있었는데, 도끼날이 경사를 따라 흘렀다. 단순히 철만 좋은 게 아니라, 갑옷의 설계도 뛰어났다.

"봤지? 이렇게 내리쳐도 무기날이 미끄러지듯 옆으로 흘러."

"대단하군."

늙은 대장장이가 눈을 크게 떴다.

유릭의 무구를 살피던 벨루아가 천천히 일어섰다.

"유릭이라고 했나? 이 무기와 갑옷은 어디서 난 거지?"

"그게 동맹의 조건이지."

유릭의 대답에 벨루아가 주먹을 쥐었다가 폈다.

"날이 저물 때까지 우리가 잠시 이걸 살펴도 되겠나? 저녁식사를 함께 하며 계속 이야기하도록 하지."

벨루아가 차분히 말했다. 벨루아와 부족의 대장장이들은 유릭의 무구를 살필 시간이 필요했다.

"좋은 대답을 기다리지."

"고맙군, 유릭."

벨루아가 사람을 불러서 유릭 일행을 접대했다. 극진한 대접이라는 게 느껴졌다. 유릭이 들어간 곳은 좋은 천막이었고, 접대로 신선한 과일들이 나왔다.

"놈들의 관심을 끌었어!"

"시작이 좋군."

바위도끼 전사들의 얼굴이 모처럼 밝아졌다. 그들이 봐도 붉은모래 부족은 유릭의 무구에 큰 관심을 가졌다. 협상의 여지가 충분했다.

"우릴 방심시켰다가 습격해서 무구만 빼앗을지도 몰라. 방심하지 마."

키룽카가 찬물을 끼얹듯 말했다. 동맹이 성사되면 좋지만, 최악의 경우도 생각해야 했다.

"그러진 않을 거야. 안심해도 돼."

유릭이 옆으로 누워서 과일을 껍질째 씹어 먹었다.

"잘도 장담하는군, 유릭."

"아까 부족장의 눈을 못 봤어? 반짝이다 못해 빛이 나는 듯했다고. 사랑에 빠진 여자도 그보다 빛나진 않을걸?"

전사들이 낄낄 웃었다.

"고작 칼과 갑옷으로 동맹이 되다니……."

키룽카가 씁쓸한 듯 중얼거렸다.

"고작 칼과 갑옷이 아니야. 내가 거래로 내세운 건 무구가 아니라 기술이다. 넌 이해하지 못하겠지만, 한참은 앞선 기술이라는 걸 붉은모래 부족은 느낀 거지."

"그런가?"

키룽카는 마지못해 고개를 끄덕였다. 그는 유릭에게 거리감을 느꼈다. 유릭은 부족의 형제들과 다른 삶을 살고 왔다. 유릭의 눈높이와 사고방식이 낯설었다.

'유릭, 너는 아직도 부족의 형제인 건가?'

키룽카의 걱정과 달리, 유릭은 다른 전사들과 농담을 나누며 웃고 있었다.

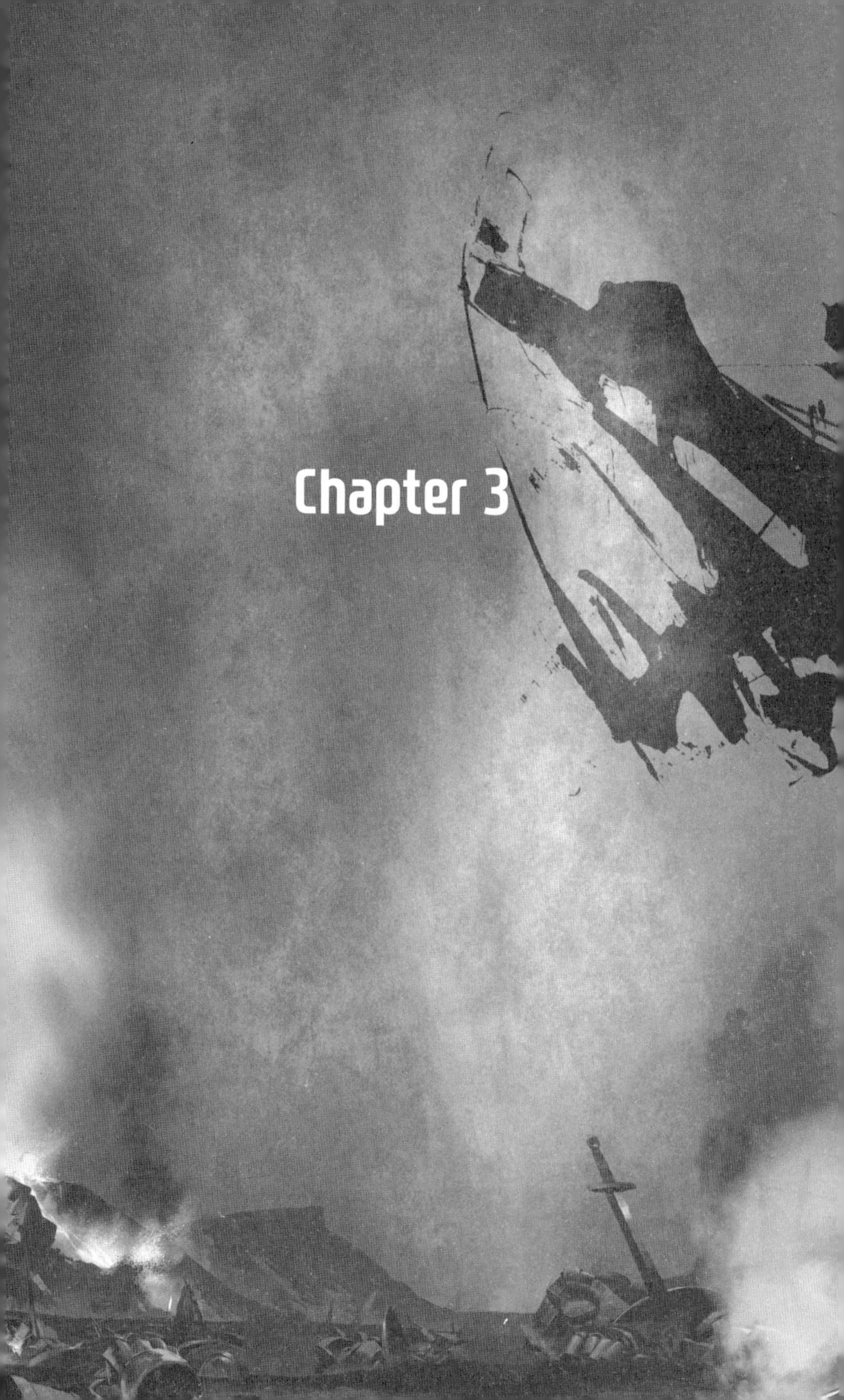

Chapter 3

붉은모래 부족장 벨루아. 그녀는 부족의 뛰어난 대장장이들을 한자리에 모았다.

"손님의 물건이다. 조심해."

벨루아가 대장장이들을 보며 말했다. 그들은 유릭의 무구를 강탈한 게 아니었다. 흠 없이 돌려줘야 할 의무가 있었다.

"한번 휘둘러 보겠습니다."

부-웅!

젊은 대장장이가 제국강철검을 크게 휘둘렀다. 그가 눈을 크게 뜨며 다른 사람들을 둘러봤다.

손을 멈춘 뒤에도 검신에서 찌르르 떨리는 금속성이 났다.

"명검이군요. 도대체 어디서 이런 칼을 손에 넣었을까요?"

"바위도끼 부족은 우리에게 철과 무기를 사 가던 부족이야. 철을 다루는 기술이 우리보다 뛰어날 리가 없어. 이런 무기를 자기네들 부족에서 만들 수 있다면, 푸른안개 부족에게 당하지도 않았겠지."

붉은모래 부족에게는 최고의 철제무기를 만든다는 자부심이 있었다. 철을 다루지 못하면 아무리 뛰어난 전사라도 부족장의 자격을 얻지 못할 정도였다.

"이런 철과 무기를 우리가 만들 수 있다면…… 동맹 따위가 문제가 아니군요. 홀홀. 무슨 수를 써서라도 배워야 할 기술입니다."

늙은 대장장이는 새로운 세상을 본 기분이었다.

벨루아는 앉은 자리에서 무릎을 잡으며 대장장이들의 이야기를 들었다.

"…이건 부족장인 내 운명이로군."

벨루아가 굵직한 손가락을 들어서 칼날을 매만졌다. 모든 대장장이가 그렇듯이 그녀도 항상 더 좋은 철과 무기를 추구했다. 지금 그녀는 넘기 힘든 벽을 보았다. 지독한 열등감을 느끼면서도 심장이 쿵쿵 뛰었다.

벨루아는 눈을 감았다. 어둠 속에서도 빛나는 철이 아른아른했다.

"평생을 바치더라도 아깝지 않을 비밀이다."

벨루아가 그리 말했고, 대장장이들도 고개를 끄덕였다.

저녁 대접은 성대했다. 붉은모래 부족의 여인들은 염소 한 마리를 통째로 잡아서 부위별로 구워냈다. 음식을 가져온 여인들은 염소젖으로 만든 술을 뜨뜻하게 데워서 그릇 한가득 부었다.

'좋은 흐름이다.'

연회에 참석한 유릭과 바위도끼 전사들은 융숭한 대접에 마음을 놓았다.

'붉은모래 부족은 호의적이야.'

유릭은 염소젖술을 마시며 주변을 둘러봤다. 음식이 다 나올 무렵에야 부족장 벨루아가 모습을 드러냈다.

"식사가 입에 맞는지 모르겠군."

벨루아가 겸손하게 말했다. 식사가 마음에 들지 않을 리가 없다. 이 정도 만찬이면 어떤 부족이든 성대한 환영으로 받아들일 것이다.

간단한 인사치레가 오갔다. 곧 대장장이들이 유릭의 무구를 들고 나왔다. 유릭은 자신의 무구를 챙기곤 벨루아를 응시했다.

"바위도끼 부족은 어떤 상황이지?"

벨루아가 술잔을 들며 물었다.

"좋진 않아. 사내아이와 여자들이 잡혀갔어."

유릭이 그 말을 내뱉곤 벨루아의 눈치를 살폈다. 벨루아는 측근과 속삭이며 뭐라 떠들었다.

"너희들의 동맹요청은 사실상 우리보고 푸른안개 부족과 싸워달라는 말이잖아? 안 그래?"

"아직 우리 부족에도 남은 전사들이 있어. 붉은모래가 숫자만 보태준다면 충분해."

"네 거래조건이… 우리 전사들이 피를 흘릴 만큼 가치가 있는 건지 들어봐야겠어."

벨루아가 눈을 가늘게 떴다.

"이 칼과 갑옷을 만드는 법은 몰라. 나는 대장장이가 아니라 전사니까."

"하지만 무구가 어디서 생산된 건지는 알고 있겠지."

"그래, 그게 내가 거래할 내용이야. 나는 붉은모래 부족이 원하는 기술을 얻을 수 있도록 최선을 다하겠다."

키룽카와 바위도끼 전사들은 긴장한 표정으로 유릭을 바라봤다.

"누가, 아니, 어떤 부족이 이런 무구를 다루는 건가?"

벨루아는 안달이 났다. 더 이상 유릭이 말을 돌린다면 화를 낼 생각이었다.

유릭이 손을 들었다. 그가 천막에 앉은 채로 동쪽을 가리켰다.

"산맥 너머."

유릭이 짧게 말했고 웅성거리는 파문이 일었다.

"여흥 삼아 던지는 농담으로 치부하고 싶지만……. 자신의 목숨과 부족의 명운을 가지고 농을 던질 사내로 보이진 않는군. 진심으로 그렇게 말하는 건가? 유릭."

벨루아가 한쪽 무릎을 잡으며 상체를 앞으로 숙였다. 그녀가 사납게 유릭을 쏘아붙였다.

"이미 알고 있을 텐데? 붉은모래 부족이 만들지 못하는 걸 다른 부족이 만들 수 있을 리가 없어. 그렇다면 답은 하나지. 다른 세계에서 온 물건이라는 것."

유릭이 칼을 들어 올렸다. 화롯불에 비친 칼날이 붉게 빛났다.

"산맥 너머에 다른 세계가 있다고 말하는 건가?"

"나는 산맥을 넘었고, 직접 두 눈으로 봤다. 그곳에는 우리보다 발달한 기술을 가진 인간들이 살고 있어."

"그럴 리가……."

"그리고 곧 그 인간들이 우리 땅을 정복하러 올 거다. 뛰어난 기술로 만들어낸 무구를 입은 전사들이지. 그 전에 우린 분쟁을 끝내야 돼. 하나가 되지 못하면 갈기갈기 찢겨 노예가 될 뿐이다."

붉은모래 부족만 놀란 게 아니었다. 유릭과 함께 온 바위도끼 부족의 전사들조차 눈을 동그랗게 떴다.

"유, 유릭?"

키룽카가 말을 더듬었다. 유릭은 한 번도 그런 말을 하지 않았다. 만약 했다면 공포심을 조장한다며 추방당했을지도 모른다.

"이미 푸른안개 부족은 산맥 너머와 접점이 있으며, 놈들이 사용한 전술은 산맥 너머의 것이었지. 그게 아니라면 우리 부족이 이렇게 무너지지 않았어. 경고하는데, 우리와 손을 잡지 않으면 다음 차례는 붉은모래 부족이다."

유릭의 입에서 나오는 말은 새로운 정보투성이였다. 듣는 이들은 이야기를 따라가는 것만으로도 벅찼다. 유릭의 말이 끝나자, 침묵이 일었다.

"…지독한 거짓말쟁이거나, 아니면 대단한 모험가가 납셨군. 큭큭."

벨루아가 술잔으로 입을 가리며 웃어댔다. 그녀 옆에 있던 측근들은 얼굴이 바싹 굳어 있었다. 유릭의 입에서 나온 말들은 하나같이 세상을 뒤집을 말들이었다.

"산맥을 넘는 건 금기, 특히 너희같이 산맥과 가까운 부족에게는 더욱 금기시되는 일이 아니던가?"

"그래서 얼마 전까지 부족 내에서 따돌림받는 처지였어. 부족장도 내 말을 믿지 않더라고."

유릭이 어깨를 으쓱했고, 벨루아는 술로 목을 축이며 깊이 생각했다.

'유릭의 말이 진짜라면 어느 하나도 쉬이 넘길 말이 아니다. 산맥 너머에서 적들이 오고 있으며, 푸른안개 부족은 산맥 너머와 이미 접촉해 세를 확장하고 있지. 산맥 너머에 인간이 살고 있다는 것부터가 의심스러운 말이지만……. 그게 아니라면 이렇게 뛰어난 야금술이 설명되지 않아.'

눈앞에 증거가 있었다. 대대로 철을 다룬 붉은모래 부족은 증거를 외면하지 못했다. 그들은 대장간의 열기를 삼키며 철을 두드리는 자들이다. 제국강철무구를 보고도 못 본 척하는 건 그들의 정체성을 부정하는 거나 다름없었다.

'저 유릭이란 사내가 새로운 세계를 보고 왔다는 건 사실이다.'

벨루아가 감았던 눈을 떴다. 갈색 눈동자에 유릭이 비쳤다.

"주술사들을 불러라, 회의를 하겠다. 유릭, 넌 나를 따라와라."

벨루아의 말은 묵직했다. 산맥 너머를 인정하는 건 그들에게 율법을 어기는 거나 마찬가지다. 주술사들이 어떤 결론을 낼 때까지는 섣불리 산맥 너머를 인정하기 힘들었다.

벨루아는 유릭에게 따라오라 손짓했고, 유릭은 그녀를 따라 천막을 나갔다. 일종의 독대였다.

"달이 좋군."

벨루아가 중얼거리며 부족민들이 모인 모닥불 앞에 앉았다. 벨루아가 손짓하자, 모닥불에 있던 부족민들이 후다닥 사라졌다.

유릭도 모닥불 앞에 앉아서 벨루아와 단둘이 마주했다.

"넌 내 말을 믿는군. 그렇지?"

유릭이 피식 웃으며 말했다. 그는 벨루아의 반응을 계속 살폈었다. 벨루아는 젊고 호기심이 강한 부족장이었다. 무엇보다 더 나은 제련술에 대한 열망과 욕망이 있었다.

"거의."

벨루아가 짧게 대답했다.

"산맥 너머의 사람들은 스스로를 '문명인'이라 칭해. 놈들은 우리를 발견했고, 산맥을 넘기 위해 지금도 준비를 하고 있을 거다. 원정 기간 동안 장비를 보수해야 하니까, 놈들의 군대에는 대장장이도 있어. 참고로 나는 문명인의 언어에도 능통해. 나 없이 대장장이를 생포하더라도 기술을 배우긴 힘들 거다."

"만약 부족을 구하기 위해 임시방편으로 지어낸 말들이라면, 넌 그 대가를 치를 거다, 유릭."

벨루아가 날카롭게 말을 내뱉었다.

"내 이름과 부족에 맹세코, 거짓은 없다."

유릭의 낮은 목소리가 묵직하게 울렸다. 벨루아는 교역에 능한 부족장이었고, 사람을 보는 눈이 있었다. 조잡한 거짓말쟁이는 금방 알아본다.

스륵.

벨루아가 자신의 품에서 무언가를 꺼냈다. 잘 제련된 단도였다.

"잘 봐라, 유릭. 내가 만든 최고의 걸작이다. 나를 부족장으로 만든 무기지."

유릭이 단도를 받아 들었다. 단도는 매끄럽고 표면에서 은은한 빛이 났다. 제국강철에 버금가는 좋은 재질이었다. 버금가는 수준이 아니라 더 뛰어날지도 몰랐다.

"……이런 걸 만들 기술이 있다면, 동맹을 맺을 필요가 없겠는걸?"

유릭이 단도를 매만지더니 금방 가치를 알아봤다. 일반적인 부족제 무기와는 급이 다른 무기였다.

"운철이다. 하늘에서 내려온 철이지."

벨루아가 아련한 눈빛으로 말했다. 그녀에게는 운명과도 같은 일이었다.

밤하늘을 바라보던 벨루아는 떨어지는 유성을 발견했고, 며칠을 뛰어서 떨어진 유성을 손에 넣었다. 눈이 멀어버릴 정도로 아름다운 철이었다. 벨루아는 손이 망가지는 것도 잊은 채 운철을 두드려 제련했고, 한 자루의 단도를 만들었다.

"여자 부족장을 인정하는 이유가 다 있었군."

유릭이 벨루아의 이야기를 듣더니 고개를 끄덕였다.

벨루아는 부족 내에서 정당성을 얻은 부족장이다. 하늘에서 내려온 철을 얻어 단도를 만든 대장장이. 노력과 운을 모두 갖춰 부족장이 된 여자였다. 보수적인 주술사들조차 하늘의 뜻을 받들어 벨루아를 부족장으로 인정했다.

"운철로 만든 단도는 기름칠하지 않아도 녹슬지 않아. 튼튼하기론 말할 것도 없지. 그런 하늘이 내려준 운철과 버금가는 수준의 철을 만드는 사람들이 산맥 너머에 있다니……."

벨루아의 눈동자가 환희로 일그러졌다. 유릭은 벨루아의 기분을 이해했다. 동경과 열등감, 문명을 처음 마주했을 때 겪는 감정.

"내 부족을 구해주면 나는 붉은모래 부족을 형제처럼 여기겠다."

유릭은 벨루아에게 운철단도를 돌려주며 말했다.

벨루아는 운철단도를 품 안에 갈무리하며 일어섰다. 그녀가 유릭의 가슴을 주먹으로 툭 쳤다. 여자의 주먹이라 믿기지 않을 정도로 단단했다.

"유성을 본 그날처럼, 오늘 내 운명을 느꼈다. 내가 가야 할 길을 봤어. 내 능력이 닿는 한 너와 네 부족을 도와주겠다. 그러니 나를 배신하지 마라, 유릭."

벨루아가 그 말을 하곤 천막으로 다시 들어갔다. 붉은모래 부족의 주술사들이 모여 있었다.

주술사들은 이미 이야기를 들었기에 토론이 한창이었다. 산맥 너머의 진위를 따져가며 있니 없니 하고 떠들었다.

'이미 존재하는 걸로 있니 없니를 따져가며 토론하다니, 웃기는 일이군. 하지만 저들에겐 이 세상에서 가장 중요하고도 진지한 일이겠지.'

유릭이 술을 마시며 붉은모래 부족의 주술사들을 쳐다봤다. 그들은 금기를 어긴 유릭을 노려봤다.

붉은모래는 부족장의 힘이 강한 부족이었다. 붉은모래 부족은 교역이 많아 세속적이었으며, 하늘과 정령에게 부탁하기보다는 스스로 무언가를 만드는 대장장이들이었다. 주술사들의 위세가 다른 부족보다는 약했다.

"나는 결정했다. 우리의 이웃인 바위도끼 부족이 몰락하는 걸 이대로 놔둘 생각은 없어. 푸른안개 부족이 확장하는 건 우리 입장에서도 거슬리는 일이지. 산맥 너머에 대한 토론은 나중에 해도 충분해."

벨루아가 주술사들의 토론을 중단시키며 선언했다.

"부족장!"

주술사가 반발하듯 외쳤다.

"이미 내가 결정했다고 말했다."

벨루아가 이를 악다물며 낮게 으르렁거렸다. 주술사는 인상을 찌푸리며 고개를 끄덕였다.

푸른안개 부족은 계속되는 승리를 즐겼다. 지금 그들은 하늘산맥 밑자락에 있는 부족들 중에서 가장 세력이 강한 부족이었다. 지금까지 없었던 부흥에 부족민 전체가 들떠 있었다.

푸른안개 부족은 호수를 끼고 있었고, 건기에도 쉽게 마르지 않는 호수 덕분에 약탈을 거의 하지 않는 온화한 부족이었다.

그러나 호전적인 전사 사미칸이 부족장에 오르면서 그들은 주변 부족을 정복하기 시작했다. 약탈과 정복의 쾌감을 깨달은 전사들은 더욱 사납게 날뛰었다.

푸른안개 부족장 사미칸, 그는 푸른안개 부족의 변화를 가져온 혁명가였다.

"사미칸, 언제나 감사하고 있다."

다소 억양이 어눌한 말투였다.

"아니, 오히려 내가 감사해야지. 아르텐."

사미칸이 대답했다. 말투에서 정감이 묻어 나왔다.

사미칸은 한 사내와 격 없이 웃고 떠들었다. 아르텐이라 불린 사내는 다리 한쪽이 없었다.

"내가 널 서부의 왕으로 만들어주지."

아르텐이 호언장담하며 술을 마셨다. 처음에는 역했던 술맛도 이제는 익숙해졌다.

"'왕'이라는 건 언제 들어도 낯설군. 그냥 대부족장이라고 말해."

사미칸이 아르텐의 어깨를 두드렸다.

"다음은 붉은모래 부족인가?"

아르텐이 가죽으로 만든 지도를 가리키며 말했다. 부족들은 이런 지도를 쓰지 않는다.

"그 전에 정리해야 할 부족이 몇 있어. 붉은모래 부족은 쉽지 않아."

"그래 봐야 너와 내 군대를 당해내진 못해."

아르텐이 씨익 웃었다. 아르텐과 사미칸은 몇 번이나 승리를 맛봤다.

'아르텐을 만난 건 내 인생의 행운이다.'

사미칸이 잔을 들며 생각했다. 아르텐을 만난 건 2년 전이었다.

"2년밖에 안 됐는데 벌써 오래전의 일 같군. 산맥 밑자락에 쓰러져 있는 널 발견했지. 사실 죽을 줄 알았는데 용케도 살았어. 지금 생각해도 대단하군. 살기 위해 스스로 다리를 자르다니 독한 놈 같으니."

"그것밖에 방법이 없었으니까."

아르텐이 무릎 밑으로 허전한 오른 다리를 바라봤다. 그는 동상에 걸려 썩어가는 다리를 스스로 잘랐다. 끔찍한 일이었으나 어떻게든 살아남았다.

'이 다리로 돌아가진 못하지.'

산맥을 넘는 건 보통 일이 아니다. 팔다리가 멀쩡하고 제국의 지원을 받아도 힘겨운 일이었다. 노아 아르텐은 자신의 다리를 자르며, 다시는 문명세계로 돌아가지 못한다는 걸 알았다.

'싫으나 좋으나 여기서 뼈를 묻어야 돼.'

아르텐은 자신의 목숨을 구해준 사미칸을 형제처럼 여겼다.

'나 노아 아르텐은 기사다. 은인에게 도리를 다하는 것도 기사의 사명.'

노아 아르텐, 그 역시 아르텐 가문의 탐험대장 중 하나였다. 그가 산맥을 넘은 건 우연이 아니었다. 그는 나이 많은 형인 포드갈 아르텐과 자주 정보교환을 했었다.

삼 년 전, 포드갈의 연락이 끊긴 뒤에 포드갈의 시신을 찾을 겸 포드갈의 등반로를 따라 산맥을 올랐었다. 시신을 찾진 못했으나 노아 아르텐은 산맥을 넘는 데 성공했다.

'하지만 희생이 너무 컸어.'

노아 아르텐은 탐험대원을 전부 잃었고, 본인조차 사경을 헤매다 야만인 사미칸의 도움을 받아 목숨을 건졌다.

노아에게 남은 건 은인 사미칸을 돕는 일뿐이었다. 그는 자신이 가진 지식을 모두 동원해 사미칸이 부족장 자리에까지 오르는 것을 도왔다. 나아가 그는 야만인들에게 제국의 전략 전술을 가르쳤고, 그것만으로도 푸른안개 부족은 다른 부족을 무력으로 압도했다.

"술을 더 가져와라!"

흥이 오른 사미칸이 외쳤다. 붙잡혀 온 노예 여자가 술과 음식을 들고 천막 안으로 들어왔다.

짤그랑.

여자의 목에서 목걸이가 흔들리는 소리가 났다.

"호오? 좋은 소리가 나는군."

사미칸이 여자의 손목을 잡으며 그녀의 가슴팍에 손을 넣었다.

딸깍.

사미칸이 거칠게 여자의 목걸이를 뺏었다. 여자는 짧게 신음하며 벌겋게 변한 목덜미를 매만졌다.

"오, 아름답군."

목걸이의 세공은 예사롭지 않았다. 노아가 갑자기 사미칸이 들고 있는 목걸이를 뺏다시피 했다.

"……이건."

노아의 눈동자가 커졌다. 그가 손가락을 파르르 떨었다.

'문명인이 만든 물건이다. 야만인들이 이런 걸 만들 수 있을 리가 없어!'

노아가 여자를 바라봤다.

"너, 어디 부족이냐?"

"바, 바위도끼……."

여자가 겁을 먹으며 대답했다. 바위도끼 부족에는 유리이 뿌린 세공품이 종종 돌아다녔다.

사미칸이 어리둥절한 얼굴로 노아를 쳐다봤다.

"노아, 무슨 일이지?"

"아니, 네 말대로 세공이 예뻐서 감탄했어."

노아가 목걸이를 돌려주며 대답했다. 그는 애써 침착한 척했다. 이 년 전에 잘린 다리가 저려왔다.

'나 말고 산맥을 넘은 사람이 있다.'

저 목걸이를 보는 순간 술기운이 날아갔다. 그는 야만인들 사이에서 뼈를 묻으려고 했으나, 이제 와서 한 줄기 빛을 보았다.

'루여, 당신의 인도입니까.'

노아는 오랫동안 입에 담지 않았던 이름을 마음속으로 부르짖었다.

노아는 사미칸과의 술자리가 끝난 뒤에 따로 바위도끼 부족의 여자 노예를 불렀다.

"아까 그 목걸이는 어디서 난 것이냐?"

처음에는 여자도 머뭇거렸으나, 노아의 재촉에 곧 실토했다. 여자의 말을 듣던 노아의 눈이 커졌다. 잘린 오른 다리가 시큰시큰 아파왔다.

'바위도끼 부족의 유릭! 그놈이 산맥을 넘었군!'

노아는 푸른안개 부족에서도 상당히 높은 위치에 있었다. 외부인인데도 푸른안개 부족의 부흥을 이끈 인물인지라 많은 존경을 받고 있었다. 그는 부족장의 절친한 벗이며, 푸른안개 부족의 조언자였다.

'어쩌면 돌아갈 수 있을지도 몰라.'

놓았던 희망의 끈이 보였다. 유릭이라는 놈이 어떻게 산맥을 넘었는지 알 도리는 없지만, 분명 어떤 길을 알고 있을 터다.

'내 다리로도 갈 수 있는 길.'

확률은 희박하다. 하지만 노아는 귀향을 간절히 바랐다.

'그러나 사미칸은 나를 구해줬어. 낯선 이방인에게 친절하게 대했지.'

사미칸은 산맥 너머를 이해했다. 노아의 유일한 이해자이며 신세계의 친구였다.

'내가 다시 산맥을 넘어 돌아가겠다고 한다면, 사미칸이 이해해 줄까?'

노아는 사미칸을 배신하기 싫었다. 그는 루에게 올바름을 맹세한 기사였고 도리를 중요시했다.

'황제폐하께선 신세계를 정복하고 싶어 하시지.'

노아는 황제에게 신세계 발견을 보고해야 할 의무가 있었다. 하지만 사미칸에게 지켜야 할 도리도 있다.

'나는 어째야 하는가?'

노아는 눈을 감았다가 떴다. 마음이 기울었다.

"사미칸."

노아가 다시 의족을 끼곤 사미칸의 천막으로 걸어갔다. 지나가는 전사들이 노아를 보며 고개를 숙였다. 처음에는 노아를 멸시했던 부족전사들도 어느새 노아를 존중했다.

"노아?"

여자를 안던 사미칸이 들어오는 노아를 바라봤다.

"할 이야기가 있다."

노아의 표정을 본 사미칸이 여자를 밀치며 천막 바깥으로 내쫓았다.

"술자리는 끝난 줄 알았는데?"

사미칸이 물을 마시며 노아의 대답을 기다렸다.

"전사를 모아서 바위도끼 부족에 한 번 더 가라."

"이미 바위도끼 부족은 복속된 상태야. 두 번 짓밟아 봐야 들어올 공물이나 적어질 뿐이지."

"사미칸, 바위도끼 부족에 산맥을 넘었다가 돌아온 놈이 있다."

사미칸이 내려온 머리를 쓸어 넘기며 눈을 크게 떴다.

"그놈을 잡아야겠군."

"놈을 잡아 어떤 경로로 산맥을 넘어왔는지 들을 거다."

"…노아 아르텐, 우리 부족을 떠날 건가?"

노아가 입술을 비틀었다. 그가 팔을 뻗어서 사미칸과 주먹을 맞댔다.

"아직은 아니야. 널 초원의 왕으로 만들 때까진 내 목숨값을 갚은 게 아니니까."

사미칸은 고개를 끄덕였다. 아직은 노아의 힘이 필요했다. 이미 부족정복은 시작했고, 지금 같은 시기에 노아를 보내줄 순 없었다.

'그와 별개로 산맥을 넘은 자가 또 있다니 궁금해지는군.'

사미칸은 소집령을 내렸고, 다음 날 아침이 되자마자 전사들이 채비를 갖춘 채로 모여 있었다. 빠른 전력전환, 이것이 부족전사의 무서운 점이었다. 부족에선 전사와 다른 직업 간의 구분이 없다. 부족에서는 모든 성인남성이 전사이며, 부족장의 명령이면 단시간에 소집이 끝난다.

"호우우우우! 사미카아안!"

전사들의 존경하는 부족장의 이름을 외쳤다. 사미칸은 푸른안개 부족의 전성기를 이끌고 있었다.

쿵! 쿵!

전사들이 방패로 땅을 찍었다. 그들은 마치 문명의 군대처럼 제식무기를 갖추고 있었다. 모두가 비슷한 규격의 방패와 창을 들고 있었고, 끼리끼리 조를 이뤄 행동했다. 문명세계에서 온 기사 노아가 전사를 병사로 만든 셈이었다.

끼릭.

의족을 찬 노아는 장거리 이동이 힘들었다. 그는 가마를 탄 채로 부족전사들을 바라봤다.

'개개인의 전투기술은 더할 나위 없이 뛰어나다. 마치 무가에서 태어난 기사처럼 어릴 때부터 싸움과 사냥을 하며 자란 이들이지.'

야만인들은 전투병이라는 측면에서 볼 때에는 문명세계의 기사나 다름없었다. 기사들은 어릴 때부터 대대로 전투기술을 갈고닦는다.

호전적인 야만인도 마찬가지였다. 북부의 야만인들은 아버지가 아들에게 무기와 방패를 쥐여주고 전사로 키운다. 서부의 야만인들도 또래끼리 뭉쳐 다니며 여러 무리를 이뤘고, 서로 경쟁하며 성장했다.

'기사들이 태어날 때부터 당연히 기사가 되는 것처럼, 야만 전사들은 태어날 때부터 당연히 전사가 되는 거지.'

노아는 하늘산맥을 바라봤다.

'제국이라도 여길 정복하는 건 쉽지 않을 거야. 하늘산맥은 고되고, 이곳 야만인들은 북부만큼이나 호전적이고 거칠다.'

바위도끼 부족은 재건으로 한창이었다. 멀쩡한 전사들은 사냥을 나섰고, 여자들은 천막을 보수하고 보존식을 만들었다. 공물을 제때 맞추려면 쉴 시간이 없었다.

'공물을 제때 내지 못하면 그땐 또 약탈을 당할 뿐이지.'

부족 마을에는 우울함이 감돌았다. 다행히 아직 건기가 오지 않았기에 재건의 여유가 있었다.

부족장 지즐은 최선을 다해 재건에 힘썼다. 싸움에도 나가지 않은 원로들은 패배한 족장에게 투덜거렸지만, 막상 싸움에 나갔던 전사들은 부족장에게 불만을 가지지 않았다.

'처음 보는 싸움법이었다. 질 수밖에 없었지.'

전사들도 속수무책으로 당했다. 용맹한 바위도끼 전사들조차 허무하게 창에 찔려 땅바닥에 나뒹굴었다.

"우리 때는 푸른안개만이 아니라 이 부근의 부족들이 전부 덜덜 떨었거늘. 한심한 놈들."

늙은 전사와 원로들이 마을의 꼴을 보며 혀를 찼다.

“거, 입 좀 닥치쇼. 건기만 되면 뭐라 안 해도 가장 먼저 골로 보내줄 테니까.”

젊은 전사가 원로들의 말을 듣곤 짜증을 냈다. 건기가 되어 식량이 부족해지면, 노인들은 알아서 굶는다. 그게 부족의 방식이었다.

“나 원, 요즘 젊은 놈들은.”

노인들이 혀를 차며 지나갔다. 그들도 건기가 되면 자신들이 어떤 운명을 맞을지 알고 있었다. 공물을 내야 하는 상황에서 생산력이 없는 노인까지 먹여 살리긴 힘들다. 패배로 죽는 건 전사만이 아니다. 부족 전체가 죽어 나간다.

“유릭이 동맹을 맺고 올 거요.”

전사 하나가 그렇게 툭 내뱉었다.

“유릭? 그 허풍쟁이? 잘도 그러겠다!”

노인이 픽 하고 비웃었다.

“나도 언젠가 유릭을 따라 산맥을 넘을 거요. 새로운 세계가 그곳에 있소.”

어리고 젊은 전사들은 신천지를 갈구했다. 탐구와 호기심은 유릭만의 것이 아니다. 산맥 너머를 꿈꾸는 전사들은 유릭을 시발점으로 늘어만 갔다. 유릭의 이야기가 그들의 심장을 두드렸다.

“족장! 푸른안개 놈들이 다시 왔습니다!”

사냥을 떠났던 전사들이 돌아오며 외쳤다. 그들은 우연히 마을로 오고 있는 푸른안개 전사들을 확인했었다.

푸른안개가 오고 있다는 말에 분위기가 더 뒤숭숭해졌다.

'이미 털어갈 것도 없는데 왜 또 온 거지?'

지즐은 초조해하며 깃털 투구를 썼다. 이미 위엄을 잃었지만, 자존심마저 버릴 생각은 없었다.

지즐이 감시탑 위에 올라서며 눈살을 찌푸렸다. 그는 저 멀리서 보이는 푸른 물결을 발견했다. 푸른 전투화장을 칠한 푸른안개 전사들이 떼로 몰려왔다. 먼지바람이 길게 일었다.

저벅, 저벅.

푸른안개 부족장 사미칸은 전사들을 이끌고 마을 안으로 들어왔다. 그는 눈을 부라리며 마을을 둘러봤다.

"재건은 잘 돼가고 있소?"

지즐은 당장에라도 사미칸의 목덜미를 뜯어버리고 싶었다. 하지만 사미칸을 죽인다면 남는 건 바위도끼의 멸족이다.

"아직 공물이 준비되지 않았소."

"딱히 공물을 받으러 온 건 아니오, 지즐 부족장. 우리도 이렇게까지 하고 싶진 않았으니 이해해 주시구려."

패배한 자는 그 어떤 불만도 토해내지 못했다. 초원과 황무지는 힘의 논리를 따라간다. 강한 부족의 행동이 정의일 뿐이다.

"전사들을 이끌고 놀러 온 건 아닐 거라 믿소."

지즐이 도끼를 굳게 쥐었다. 최악의 경우, 사미칸이 바위도끼 부족을 절멸시키려고 할지도 모른다.

"유릭."

지즐이 눈을 크게 떴다. 사미칸의 입에서 나온 이름은 예상 외였다.

'여기서 왜 유릭이?'

지즐의 놀란 표정을 본 사미칸이 씨익 웃었다.

"산맥을 넘은 유릭을 내놓으시오, 지즐. 그러면 우린 조용히 돌아가겠소."

"산맥을 넘었다는 허풍을 사미칸 부족장도 믿을 줄은 몰랐소."

사미칸이 입꼬리를 비틀었다.

"그러니까 바위도끼가 우리한테 진 거요. 아집에 빠져 이용해야 할 것도 이용하지 못하는 노인네들이 그대 옆에 수두룩하겠지. 내가 부족장이 되었을 때 가장 먼저 한 일이 뭔지 아시오? 내 의견에 반대하는 원로들에게 활과 창만 쥐여준 채로 산맥에 갖다 버렸지. 내 처우에 반발하는 자도 많았으나, 난 결과로 내가 옳다는 걸 증명했소."

지즐의 동공이 떨렸다. 사미칸이 갑자기 커 보였다.

"…유릭은 여기에 없소."

"숨길 생각 마시오. 산맥 너머의 지식은 귀한 보물이지."

지즐은 한 번도 유릭의 지식이 보물이라 생각해 본 적이 없었다. 그저 부족장의 권위를 무너뜨리기 위한 거짓과 허풍으로 치부했다.

사미칸은 집요하게 유릭의 행방을 추궁했다. 그는 산맥 너머의 지식이 어떤 가치를 지니는지 잘 안다. 노아는 산맥 너머 인간이지만, 유릭은 부족민이면서도 산맥을 왕복한 인간이었다.

'유릭이 어떤 놈인지 궁금해지는군.'

30인의 전사를 죽인 유릭. 그런 전사의 명성보다도 산맥을 넘었다는 사실이 사미칸에게 더 중요했다.

'우리가 붉은모래 부족과 동맹을 맺으려고 한다는 건 숨겨야 돼.'

지즐은 유릭을 좋아하진 않았지만, 부족을 위해서는 최선을 다했다. 붉은모래 부족과 동맹만 성사된다면 기습공격으로 상황을 반전시킬 수 있었다.

부족의 전사들은 지즐의 뜻을 읽었다. 그들은 붉은모래와의 동맹에 대한 소리를 일언반구도 하지 않았다. 유릭에 대해 투덜거리던 원로들도 마찬가지였다.

"정말로 말하지 않을 셈이오?"

"나도 그놈이 어디로 갔는지는 모르오, 사미칸. 멋대로 부족을 떠나 마음대로 돌아온 녀석이지. 이제 와서 몰락해 가는 부족을 떠난다고 해도 이상할 것이 없지 않소?"

"그 말을 믿기 힘들군. 우린 힘을 써서라도 대답을 얻어야 하겠소."

사미칸이 협박을 했다. 지금 공격을 받는다면 바위도끼 부족은 정말로 끝장이다.

"산맥 너머라는 환상에 빠져서 바위도끼 부족을 멸망시키겠다는 말이오!"

지즐이 발악하며 외쳤다.

"산맥 너머는 환상이 아니오, 지즐 부족장. 난 그곳에서 온 사내를 친우로 두고 있지."

사미칸은 게슴츠레 눈을 떴다. 그는 높게 손을 들었다. 그가 손만 뻗으며 전사들이 바위도끼 부족을 쑥대밭으로 만들 터다.

타닥, 타닥.

푸른안개 전사 한 명이 사미칸 곁으로 뛰어왔다. 그가 사미칸의 귀에 뭐라 속삭였다.

"붉은모래 부족장 벨루아가 왔습니다."

전사가 보고했다.

사미칸이 뒤를 돌아봤다. 수십 명의 붉은모래 전사를 대동한 벨루아가 성큼성큼 걸어오고 있었다. 붉은모래 부족은 무시할 만한 상대가 아니다. 오랫동안 철 교역으로 영향력과 부를 쌓은 부족이다. 이 근처에서 가장 전사를 많이 보유한 부족이기도 했다. 보이는 건 수십 명이라도, 그 배경에는 이천 명에 가까운 전사들이 있었다.

"그 손은 수줍게 내리는 게 좋을 거다, 푸른안개의 사미칸. 바위도끼는 붉은모래의 동맹이니까."

벨루아가 경고했다.

사미칸이 그제야 알았다는 듯이 옅게 웃었다.

"이거 미처 몰랐소. 바위도끼 부족장 지즐께서 이런 계략도 쓰실 줄이야."

지즐도 놀란 건 마찬가지였다.

'생각보다 훨씬 빠르다.'

동맹이 이렇게 빨리 성사될지는 지즐도 몰랐다. 지즐은 벨루아 옆에 서 있는 유릭을 바라봤다.

'도착하자마자 동맹을 맺고 바로 출발한 건가……. 네가 내민 조건이 붉은모래 부족에게 그토록 매력적인 거였나?'

바위도끼 전사들의 얼굴이 밝아졌다. 그들은 유릭을 보며 환호성을 지르고 싶었지만 애써 꾹 참았다.

'유릭이 해냈다.'

바위도끼는 아직 부서지지 않았다.

Chapter 4

사미칸은 의외의 상황에 봉착했다. 굴복한 줄 알았던 바위도끼가 붉은모래를 끌어들였다.

'그럴 여력이 있을 줄이야.'

부족들은 이득이 없으면 동맹을 맺지 않는다. 붉은모래 부족은 특히나 철 교역이라는 특수성 때문에 중립을 유지하던 부족이었다.

'뭐 때문에 붉은모래 부족이 바위도끼에 붙은 거지?'

세 명의 부족장이 있었고, 그들은 선불리 싸우지 않았다. 서로 무기를 집어넣고 삼자회담을 했다.

"부족장이 아닌 사람이 있는 것 같은데?"

사미칸이 천막 안에 있는 의자에 앉으며 말했다. 바위도끼의 지즐, 붉은모래의 벨루아, 그리고 유릭이 천막에 있었다.

적들투성이지만 사미칸은 걱정하지 않았다. 부족장들은 뛰어난 전사이며 명예를 아는 자들이다. 협상 자리에서 무기를 뽑아 목을 치는 행동을 하지 않는다. 설사 비열하게 행동해서 이득을 취하더라도, 그런 사람 밑으로는 전사들이 따르지 않는다.

"나를 찾는다고 들었다, 사미칸. 내가 바로 유릭이다."

사미칸이 눈을 부라리며 유릭을 쳐다봤다.

'유릭, 생각보다 젊군.'

사미칸은 서른이 다 돼가는 전사다. 전사로서 기량과 경험이 절정에 이른 나이다. 벨루아는 이십 대 중반이었고, 지즐과 유릭은 기껏해야 스물 가까이 된 청년이었다.

"그래, 네가 바로 유릭인가. 산맥을 넘은 유릭. 위대한 업적이로군, 먼저 경의를 표하네."

사미칸은 술잔을 들었다. 유릭의 눈동자가 커졌다.

'제기랄.'

유릭은 사미칸의 태도에 욕부터 나왔다.

'사미칸은 만만한 놈이 아니다.'

상대를 인정하는 건 여유가 있는 자의 특권이다. 지즐에겐 그런 여유가 없었고, 사미칸에게는 여유가 있었다.

"내가 산맥을 넘었다고 잘도 믿는군."

"믿지 못할 이유가 없지, 산맥 너머는 실존하고 있으니까. 아직도 주술사 영감들은 그런 게 없다고 빽빽거리지만 증거를 무시할 순 없지."

사미칸은 다른 부족민들과 달랐다. 그는 이미 산맥 너머의 세계가 있다고 상식선에서 자연스레 받아들이는 사람이었다. 그는 개혁적인 인물이었고, 푸른안개 부족은 그의 지도 아래에서 도약에 성공했다.

"당신도 산맥은 넘은 건가? 나처럼?"

유릭이 묻자, 사미칸이 웃으며 고개를 저었다.

"그럴 리가, 내 비밀을 아직 가르쳐 줄 순 없지."

사미칸이 팔짱을 끼며 다른 족장들을 바라봤다. 노아 아르텐은 사미칸의 비장의 수였다. 노아가 가진 문명세계의 지식은 귀한 보물이었다.

"빠져라, 유릭. 협상을 할 족장은 나다."

유릭과 사미칸의 이야기를 듣던 지즐이 나섰다.

"…물론이죠, 부족장님."

유릭이 상체를 젖히며 말했다. 일단은 급한 불은 껐다. 붉은모래 부족이 배경으로 있는 이상, 푸른안개 부족은 섣불리 바위도끼 부족에게 손을 대지 못한다. 잘만 협상한다면 볼모로 잡힌 부족민들도 해방시킬 수 있다.

'재미있군.'

벨루아도 발언을 쉽게 하지 않았다. 그녀는 지즐과 유릭의 관계를 보며 옅게 웃었다. 그러면서도 붉은모래 부족의 이득을 위해 머리를 굴렸다. 산맥 너머를 아는 건 유릭만이 아니었다. 사미칸도 협상의 여지가 있는 대상이었다.

"벨루아 부족장, 우린 이미 바위도끼 부족을 복속시켰소. 바위도끼 부족을 어떻게 하든 그건 우리 마음이지."

사미칸이 붉은모래의 난입을 따졌다.

"우리가 누구와 동맹을 맺을지 정하는 것도 마찬가지지, 사미칸. 푸른안개의 확장세 때문에 우리 부족 내에서도 말이 많았어. 이웃 부족이 비대하게 커지는 건 반갑지 않은 소식이지."

"이웃 부족이라기에 거리가 그리 가깝진 않지 않소."

"옛날 푸른안개 부족이라면 그렇겠지. 하지만 지금은 덩치가 너무 커. 영향력이 미치는 땅을 생각하면 이웃한 부족이 맞지."

사미칸이 이맛살을 찌푸렸다. 그는 벨루아의 속내를 읽으려고 머리를 굴렸다.

'단순히 우리를 견제하려고 바위도끼와 손을 잡은 건가? 그런 것 같진 않아. 동맹을 맺을 거면 더 쓸만한 부족도 많다.'

부족장들은 단순한 전사가 아니다. 이 자리에 모인 이들은 주변에서도 손에 꼽히는 부족이었고, 그들 하나하나가 책임지는 부족민만 수천이다.

정보를 더 캐내기 위해서 질문이 오갔다. 이 자리에 모인 세 명의 부족장은 직감했다.

'사미칸이 가장 노련한 부족장이다.'

지즐은 아직 여러모로 부족한 면이 많았고, 벨루아의 심계는 사미칸에 미치지 못했다.

"우리 조건은 하나요, 지즐 부족장. 유릭을 넘기시오. 그러면 조용히 돌아가겠소."

사미칸이 유릭을 가리키며 말했다. 그는 짧은 대화에서 지즐과 유릭이 좋은 사이가 아니라는 걸 읽어냈다.

'산맥 너머의 지식을 다른 부족이 가져봐야 좋은 건 없지.'

사미칸 입장에서 유릭은 손에 넣어야 하는 존재였다. 손에 넣지 못하면 차라리 죽이는 게 나았다.

"지금 유릭을 넘기라고 했소?"

지즐이 입술을 비틀었다.

"나는 산맥 너머에 관심이 많소. 보아하니 지즐 부족장은 별다른 관심이 없는 것 같으니까 말이오. 우리 푸른안개 부족에서는 유릭을 손님으로 접대할 생각이오."

온화한 제안이었다. 지즐이 망설이는 사이에 벨루아가 선수를 쳤다.

"아니, 그건 곤란하지. 유릭은 우리 부족에게 선물을 약속했다. 그때까지 유릭은 내 눈에 볼 수 있는 곳에 있어야 돼."

벨루아가 울퉁불퉁한 팔뚝을 손가락으로 툭툭 두드리며 짜증을 냈다.

'이놈이고 저년이고……. 유릭! 유릭! 유릭!'

지즐이 얼굴을 붉혔다. 부근에서 내로라하는 부족장들이 모였는데 모두가 유릭을 탐냈다.

'유릭이 그렇게도 중요한 존재인가! 금기를 어기고 멋대로 떠났다가 돌아온 녀석이!'

당장에라도 그렇게 내뱉고 싶었다. 하지만 지즐은 부족장이었고, 감정과 행동을 따로 떼어놔야 했다.

벨루아는 더욱더 유릭을 탐냈다. 사미칸의 반응으로 보아 산맥 너머는 실존하는 세계였다. 그건 곧 유릭의 말이 대부분 진실이라는 소리다.

'앞선 제철기술을 먼저 손에 넣는 건 우리 붉은모래 부족이다. 다른 부족에게 넘겨주지 않아.'

자기 부족의 안위만 생각했다. 현명하고 뛰어난 부족장들조차 마찬가지다. 그들은 제국이라는 거대한 위협을 모른다. 유릭이 말로 설명해도 실감하지 못할 터다. 벨루아도 유릭의 경고를 받았으나, 당연히 보지 못한 위협보다 눈앞의 세력싸움이 중요했다.

"유릭이 약속한 선물이 무엇인지 궁금하오, 벨루아."

사미칸이 운을 뗐지만, 벨루아는 이를 드러내며 웃을 뿐이었다. 당연히 사미칸은 대답을 기대하지도 않았다.

"사미칸! 유릭은 바위도끼 부족의 일원이오. 팔아넘기듯 보낼 생각은 없소!"

지즐이 외쳤다. 그는 유릭을 싫어했지만, 유릭이 지금 상황에서 중요한 인물이라는 건 사실이다. 사미칸이 탐낸다면 탐내는 이유가 있을 것이다. 무엇보다 붉은모래 부족과의 동맹을 주선한 유릭이 이대로 떠난다면, 동맹은 금방 와해하고 만다.

'여기서 유릭을 넘기진 않아.'

지즐의 결단에 사미칸이 길게 한숨을 쉬었다.

"결국 무력을 써야 한다면……."

사미칸은 충돌을 각오했다. 붉은모래와 바위도끼를 동시에 상대해야겠지만, 사미칸은 자신이 있었다. 푸른안개 전사의 사기는 하늘을 찌를 정도였다. 복속시킨 주변 부족들의 전사들까지 내세운다면 숫자로도 크게 밀리지 않을 것이다.

"감히 붉은모래와 맞설 생각인가! 물고기나 잡아먹던 놈들이!"

벨루아도 사납게 웃으며 외쳤다. 그녀는 싸움을 받아들였다. 부족장은 곧 부족에서 가장 뛰어난 전사. 부족마다 조금씩 차이가 있어도 전사가 아닌 이가 부족장이 되진 못한다. 벨루아 역시 대장장이면서도 전사다.

부족장들이 당장에라도 전쟁을 선포할 기세였다.

"그런데 듣자 듣자 하니까 누구 맘대로 내가 오고 가고를 정한다는 거지?"

지켜보던 유릭을 입을 뗐다.

"유릭, 부족장들의 회의다!"

지즐이 유릭의 말을 막았다.

"지즐, 난 부족장인 너를 존중하지만……. 난 자유인이지. 내가 어디로 가든 어디에 있든 그건 내 자유다."

유릭은 부족장들을 한 명씩 쳐다봤다. 그들과 눈을 마주쳤다.

'너희들은 아직 진짜 적을 몰라.'

여기서 더 싸운다면 전사들의 손실이 크다.

'지금은 자각이 없지만, 우린 하나가 되어 싸워야 돼.'

유릭은 쓰게 웃었다. 여기서 힘을 합쳐서 외적과 싸워야 한다고 말해봐야 웃음거리가 될 뿐이다.

"난 푸른안개 부족의 손님으로 가겠다. 당분간 머물다 돌아오지."

유릭의 말에 사미칸이 호탕하게 웃으며 무릎을 쳤다. 반면 벨루아는 찌그러진 얼굴로 유릭을 보고 있었다.

"유릭, 우리와의 약속을 지켜라."

"물론 붉은모래와의 약속은 지킬 거다. 널 배신한 게 아니야. 날 믿어라. 이게 우리 모두를 위한 거지."

"우릴 배신한다면 너만이 아니라, 허약해진 바위도끼 부족도 우리의 적이 된다. 기억해."

벨루아가 차갑게 경고했다.

유릭이 가겠다고 선언했다. 지즐의 자존심은 사정없이 구겨졌다. 다른 부족장 앞에서 부족전사 한 명조차 통제 못 하는 부족장으로 낙인이 찍힌 거나 마찬가지다.

'날 물 먹이기 위해 돌아온 거냐? 유릭.'

지즐이 주먹을 파르르 떨었다. 하지만 그는 유릭을 보내야 했다.

'네가 오기 전까진 아무런 문제도 없었어. 우린 잘 지내고 있었지.'

지즐은 바위도끼 부족장 역할을 잘 수행하고 있었다. 유릭이 온 뒤로 모든 게 망가졌다. 유릭은 말 그대로 재앙을 몰고 왔다. 세상의 급변이라는 재앙.

유릭은 푸른안개 부족으로 간다. 가장 불안한 요소는 붉은모래의 벨루아였다. 붉은모래 부족은 유릭의 결정에 만족하지 못했고, 언제 동맹을 깨도 이상하지 않았다.

'하지만 이대로 대형 부족끼리 충돌하면 제국군이 왔을 때

버텨내기 힘들어.'

유릭은 더 큰 미래를 보고 있었다. 차라리 제국이 개척로 야일루드 건설에 실패한다면 마음이 편할 것이다. 제국이 알아서 고꾸라진다면 평생 거짓말쟁이라 놀림 받아도 좋았다.

볼드는 헐레벌떡 짐을 챙겨서 유릭을 쫓아왔다. 그는 유릭이 볼모나 마찬가지인 신세로 푸른안개 부족까지 간다는 소식을 들었다.

"이번만큼은 널 혼자 보내지 않아. 또 후회하긴 싫으니까."

"거, 눈물 나네. 볼드."

유릭이 웃으며 볼드와 어깨를 부딪쳤다. 볼드는 지난 삼 년간 유릭을 놔두고 도망간 것을 후회했다. 그는 똑같은 후회를 할 생각은 추호도 없었다.

'유릭이 어떤 상황에 처하든 같이 죽으면 죽었지 도망가진 않겠어.'

형제들을 위해 홀로 몸을 던지던 유릭의 등이 지금도 생생했다. 유릭이 돌아오지 않았다면, 볼드는 평생 후회하며 그 등을 되새겼을 것이다.

"준비는 끝났나? 유릭. 사미칸께서 기다리신다."

푸른안개 전사가 유릭을 기다리고 있었다. 유릭과 볼드는 그를 따라 마을 바깥으로 나갔다.

"유릭, 붉은모래와 동맹도 맺었잖아. 한번 싸워볼 만했어. 이런 식으로 싸움을 피하면 겁쟁이라는 소문이 돌 거라고."

볼드가 유릭의 귓가에 속삭였다. 유릭은 싸움을 포기하는 선택을 했다.

"볼드, 푸른안개 부족을 어떻게 생각해?"

"뭘 어떻게 생각하긴, 찢어 죽여도 시원찮을 놈들이지."

"우리 부족 사람들을 볼모로 잡아간 놈들이니 당연히 그렇지. 하지만… 어쩌면…… 앞으로 우린 서로 형제라고 부를 수도 있어. 아니, 불러야 돼."

유릭은 분노를 삼키고 증오를 억눌렀다.

"그게 무슨 말 같지도 않은 소리야?"

"말 같지 않은 소리라는 건 나도 안다. 그런데 나는 그 말 같지도 않은 소리를 해내야 돼."

유릭은 부족장들을 만나고 확신했다. 그들은 서로 미워하며 이득에 따라 뭉칠 뿐이다. 이대로는 북부와 남부의 전례를 밟고 만다. 서부에서 과거를 배워온 사람은 유릭뿐이었다.

꿈틀.

유릭이 가슴을 붙잡았다. 가슴이 뛰면서 아려왔다. 울컥하는 뜨거움이 목 밑까지 솟구쳤다.

'통합.'

지금 그 소리를 내뱉는다면 모두가 비웃을 터다. 하지만 해내지 못하면 정복당할 뿐이다.

유릭은 푸른안개 진영으로 들어갔다. 사미칸은 소개시켜 줄 사람이 있다며 유릭을 노아 아르텐에게 인도했다. 노아는 천막 안에서 유릭을 기다리고 있었다.

'야만인이 산맥을 왕복할 줄이야.'

노아는 눈앞에 있는 유릭을 바라봤다.

"이야, 여기서 문명인을 볼 줄이야."

유릭이 유창하게 제국어를 했다. 그가 문명세계에 오랫동안 몸담은 건 누가 봐도 사실이었다.

"어떻게 산맥을 오간 거지?"

노아가 물었지만, 유릭은 웃기만 했다.

"내가 굳이 알려줄 이유는 없지. 안 그래?"

유릭이 싱글벙글 웃으면서 노아 앞에 앉았다.

'노아 아르텐, 여기서 또 아르텐을 만날 줄이야.'

유릭은 아르텐 가문에 대해 잘 안다. 포드갈 아르텐과 리갈 아르텐은 산맥을 넘는 데 성공한 탐험가들이다. 아르텐 가문에는 황제의 명을 받든 기사가 많았고, 노아 아르텐도 그 일원이었다.

'황제의 명을 받아 온 자가 사미칸을 돕고 있다.'

유릭은 노아의 다리를 물끄러미 바라봤다. 나무로 만든 의족을 달고 있었다.

'저 다리로는 돌아가지 못한다고 판단했겠지.'

노아가 어떤 경위로 지금의 위치까지 올라왔는지 빤히 보였다.

"대단해. 제국어도 유창하게 하는군."

"황제도 만난 적이 있어."

"하하. 농담도 유분수지."

노아는 유릭이 문명세계에 빠삭하다는 걸 느꼈다. 우습게 볼 일이 아니었다. 두 세계에 대해 해박한 사람이 이 자리에 있었다.

'어떻게 야만인이 산맥을 넘은 거지?'

노아도 서부인의 문화를 알고 있다. 산맥을 넘는 건 금기이며, 산맥을 넘을 만한 기술도 없었다.

"내가 산맥을 어떻게 넘었는지 궁금해하는 표정이로군."

유릭이 이를 드러내며 노아를 바라봤다. 그 미소가 맹수 같아서 노아는 섬뜩했다.

"…자력으로 넘은 건 아닐 텐데?"

"글쎄, 난 산맥을 두 번이나 넘었어."

유릭이 두리뭉실하게 말했다.

사미칸은 유릭과 노아의 대화를 지켜봤다. 어찌 됐건 유릭이 산맥을 넘은 건 확실했다.

"사미칸, 노아 아르텐이 어떤 사람인지 알아?"

유릭이 사미칸 쪽으로 시선을 돌리며 말했다.

"산맥 너머의 사람이지."

"단순한 산맥 너머의 사람이 아니야. 저쪽 세계의 통치자가 보낸 첨병이다."

노아의 눈동자가 커졌다. 사미칸의 입술이 움찔했다.

'몰랐던 모양이군.'

유릭은 계속 말을 이어갔다.

"지금도 저들은 산맥 너머로 군대를 보려고 준비 중이지."

당황한 노아가 눈을 번들거리며 사미칸과 유릭을 쳐다봤다.

"노아, 그게 사실인가?"

사미칸은 유릭과 노아를 마주하게 해서 좀 더 많은 지식을 얻어낼 생각이었다. 의외의 소득까지 거두었다.

"나는, 아니, 저자의 말이 맞다. 사미칸."

노아는 뭐라 변명하려다 포기했다. 그는 거짓말에 익숙한 사람이 아니었다. 어설프게 거짓말해 봐야 사미칸은 알아챌 것이다.

"그런가……."

사미칸의 표정은 미묘하게 씁쓸했다.

'도대체 저 야만인은 어디까지 알고 있는 거지?'

노아가 유릭을 노려봤다. 유릭의 눈동자가 노랗게 빛나고 있었다.

"노아는 두 다리만 멀쩡했다면 군대를 이끌고 우리 땅을 침략했을 거다, 사미칸."

사미칸은 유릭의 말을 듣고 고개를 끄덕였다.

"그렇군. 하지만 이제는 상관없는 이야기다. 노아 아르텐은 내 조언자이며 친우지. 이방인이지만 형제나 다름없어. 노아가 어떤 목적을 가지고 산맥을 넘었는가는 중요하지 않아. 내 곁에 있다는 게 중요한 거지."

사미칸이 노아의 어깨를 잡았다. 노아는 물론이고 유릭의 눈동자도 떨렸다.

'그렇게 나오시겠다 이건가.'

유릭도 곧 웃음을 터뜨렸다.

"하기야, 이 다리로는 도망가지도 못하겠지."

"유릭, 잠시 노아와 이야기 좀 하겠다. 자리를 비켜주게."

사미칸은 유릭을 바깥으로 내보냈다.

유릭이 나가자마자 노아가 사미칸에게 먼저 말을 걸었다.

"쓸데없는 오해를 빚고 싶진 않았어, 사미칸."

"너는 아직 날 배신하지 않았지. 이 일에 대해 추궁할 생각은 없다. 넌 날 왕으로 만들어주겠다고 했어. 지금까지 충실히 그 말을 지켰지. 그게 중요할 뿐이다."

사미칸은 누군가를 받아들이는 걸 두려워하지 않았다. 그렇기에 이방인 노아를 자신의 최측근으로 삼았다.

노아는 움찔했다. 사미칸의 강렬한 신뢰가 느껴졌다.

'나는 충성과 우정 사이에서 고민했거늘…….'

노아는 양심적인 기사였고, 사미칸의 신뢰는 속박이나 다름없었다.

"유릭에 대해서는 어떻게 생각해?"

사미칸은 문 쪽을 바라보며 말했다. 정신을 차린 노아가 고개를 흔들며 대답했다.

"산맥 너머에 대한 경험이 풍부하다. 그리고 탐험대의 목적을 알고 있어. 보통 놈은 아닐 거다."

"산맥 너머에서 군대가 온다는 건 사실인가?"

사미칸이 눈을 가늘게 떴다. 그냥 넘길 수 없는 말이었다. 그는 노아 덕분에 문명세계의 힘을 간접적으로 깨달았다.

"그건 나도 모른다. 내가 속한 부족, 즉 '국가'의 수장은 산맥 너머를 정복하고 싶어 했지. 하지만 그것도 몇 년 전의 일이다. 저쪽의 사정은 몰라."

"유릭은 자신의 부족을 다시 자유롭게 만들고 싶어 할 거다, 놈의 말을 전부 믿을 수도 없지. 노아, 네가 유릭의 진의를 잘 봐야 돼."

사미칸은 유릭보다 노아를 신뢰했다. 유릭이 아무리 마음에 들어도 바위도끼 부족일 뿐이다. 푸른안개 부족을 향한 분노가 가슴속에 있을 것이다.

사미칸은 자신의 전사와 유릭을 끌고 푸른안개 부족의 마을로 돌아갔다.

사미칸은 푸른안개 부족까지 향하면서 복속당한 부족의 마을을 거쳐 갔다. 가는 곳마다 공물과 융숭한 대접을 받았다. 푸른안개 부족은 패자나 마찬가지였다. 전사 수십 명이 있는 소부족부터 전사 수백이 있는 부족까지, 여러 부족이 푸른안개 부족의 밑에 있었다.

"바위도끼 부족은 우리와 버금가는 대부족이지만, 작은 부족들은 우리의 보호를 받는 게 어쩌면 이득이지. 스스로 공물을 바쳐 보호를 요청한 부족도 있으니까."

사미칸이 유릭에게 말했다.

"잘도 노아의 전술을 받아들였군."

전사들은 자유분방하다. 방패를 들길 강요하고, 무기를 통일하는 과정은 쉽지 않았을 것이다.

"처음에는 반발도 많았지만, 한 번 쉽게 승리하니 내 말을 순순히 따르더군. 결과만 내면 반발은 언제 그랬냐는 듯이 쑥

들어가는 법이지."

사미칸이 자신의 전사들을 둘러보며 웃었다. 그는 자신만의 군대를 보유한 사내였다. 전사들은 사미칸을 우러러보며 따랐다. 불구덩이로 뛰어들라고 하더라도 명령에 따를 전사들이 수두룩했다.

"우리 푸른안개 부족은 예전부터 야망이 없었어. 가진 땅과 호수만으로도 먹고살 만하니 약탈이나 확장할 필요는 못 느꼈지. 가진 것만 잘 지키면 되니까 말이야. 하지만 나는 노아 덕분에 기회를 얻었다. 땅과 세력을 넓힐 기회가 왔는데 주저한다면 그거야말로 사내의 자격이 없는 거지!"

사미칸은 서쪽을 바라봤다. 끝없이 초원과 황무지가 펼쳐져 있다. 붉은모래 부족 넘어서도 이름만 들어본 부족들이 수두룩했다. 언어조차 통하지 않는 부족들이 서쪽 저 멀리 살고 있다.

'목적은 다르지만……. 과정은 부족의 통합이로군.'

유릭이 사미칸을 쳐다봤다. 사미칸에겐 야망이 있었다.

"지금까지 어떤 부족도 여러 부족을 규합해서 유지한 적이 없어. 금방 갈기갈기 찢기고 깨지지. 푸른안개 부족은 당장 바위도끼 부족도 삼키지 못하고 배탈이 날 거다. 바위도끼는 소화하기엔 덩치가 너무 커."

유릭이 눈을 치켜뜨며 말했다.

"한 번의 대항은 봐준다. 하지만 반란부터는 멸족이다. 소화시키지 못하면 게워내서 짓밟을 뿐이지. 바위도끼 부족은 그 선례가 될 거다."

유릭은 뒤통수를 맞은 느낌이었다. 간담이 서늘했다.

'이 새끼가…….'

사미칸의 경고이자 계획이었다.

'처음부터 바위도끼 부족을 발아래에 둘 생각이 없었어. 그저 바위도끼 같은 대형 부족을 멸족시키는 선례를 만들고 싶을 뿐인 거지. 그러면 다른 부족들은 멸족이 두려워 반란을 일으키지 못할 테니까. 그런 목적으로 우리에게 굴욕을 준 거다.'

애초에 공포 통치를 위한 수단으로 바위도끼를 공격한 것이었다. 바위도끼 부족은 예로부터 호전적이며 강했다. 복속시키더라도 금방 반란이 일어날 게 뻔했다.

'바위도끼의 예정된 반란을 잔혹하게 짓밟음으로 다른 부족이 반란 생각을 하지도 못하게 만든다.'

유릭은 사미칸의 의도를 알아챘다.

"처음부터 멸족시킬 생각으로 공격한다면, 다른 부족들은 미리 겁을 먹고 자기들끼리 뭉쳐 대항하겠지. 하지만 처음에는 복속만 시키고 반란만 잔혹하게 짓밟는다면… 살기 위해 알아서 숙이고 들어올 거고, 반란은 꿈도 꾸지 않을 터. 우리 부족을 먹어 삼킬 생각도 없었군."

유릭이 그렇게 말하며 인상을 찌푸렸다. 사미칸은 다른 부족을 통제할 방법으로 공포를 택했다. 바위도끼는 그 제물이다.

"하지만 네가 붉은모래 부족을 동맹으로 끌고 왔지. 붉은모래 부족과 벌써부터 대립하는 건 내 계획이 아니었거든. 대단해, 유릭. 바위도끼 부족을 자네가 살린 거나 마찬가지네."

사미칸이 비꼬듯 말했다. 그는 유릭에게서 시선을 돌리며 눈을 낮게 떴다.

'바위도끼 부족에 두기에는 아까운 놈이다. 지즐이 아니라 저놈이 부족장이었다면 더 까다로웠겠지. 바위도끼를 치는 시기가 좋았어. 이대로 놔뒀으면 머지않아 유릭이 지즐을 내치고 부족장이 되었을 거다. 머리가 잘 굴러가는 놈이야.'

점점 땅에서 올라오는 풀들이 높아졌다. 푸른안개 부족의 마을과 가깝다는 뜻이었다. 호수를 낀 푸른안개 부족은 좋은 땅을 차지하고 있었다.

'어쩌면…….'

유릭이 허리를 숙이며 흙을 매만졌다.

'흙이 기름지다.'

유릭이 코를 킁킁거렸다. 축축한 흙냄새가 났다.

'문명세계에 비할 바는 아니지만, 다른 초원과 황무지보다는 흙이 좋아.'

서부의 부족들이 농경생활을 하지 못했다. 그들 역사에서 시도가 없진 않았을 것이다. 하지만 서부의 토양은 거칠고 건기와 우기가 찾아오는 간격이 불안정했다. 갑작스러운 건기가 되면 식물들이 버티지 못하고 말라 죽고, 어쩌다가 건기가 길어지면 숲조차 메말라 버린다.

'푸른안개 부족은 어지간한 건기에도 호수가 마르지 않는다고 들었어.'

유릭은 푸른안개 마을을 쳐다봤다. 그간 노예인구 유입이 늘어서 바위도끼 부족보다 규모가 컸다. 다른 부족의 노예들이 족쇄를 차고 걸어 다녔다.

으득.

유릭이 이를 바득 갈았다. 바위도끼 부족 출신 노예도 보였다.

"유릭, 너는 손님으로 대우받을 거다. 손님으로 행동한다면 말이지."

사미칸이 유릭의 어깨를 두드리며 말했다. 유릭은 고개를 끄덕였다.

'지즐, 넌 부족장이면서도 부족민을 보호하지 못했다.'

유릭은 눈앞의 현실을 보았다. 지금까지 생각했던 차분한 계획 따윈 송두리째 날아갔다. 당장 바위도끼의 부족민들을 해방시켜야 한다는 생각이 들었다. 가슴속의 짐승이 눈을 떴다. 도끼와 칼을 뽑아 눈앞의 원수들을 찢어버리고 싶었다.

'제국군이고 나발이고…….'

유릭이 움찔움찔했다. 뒤에 있던 볼드가 유릭의 팔을 붙잡았다.

"유릭, 진정해라."

유릭이 눈을 휙 돌려서 볼드를 바라봤다.

"……알고 있어. 여기서 설쳐봐야 헛되이 죽을 뿐이지."

유릭은 부족민들에게 영웅으로 칭송받는 사미칸을 바라봤다. 부족민들이 우르르 몰려나와서 사미칸의 이름을 부르짖었다. 푸른안개 부족 입장에서는 대단한 지도자였다.

'사미칸은 앞으로도 필요한 사람이다.'

유릭이 입술을 삐쭉거렸다. 사미칸은 우수한 지도자였다. 경험도 풍부했고 대담하며 사고방식도 유연했다. 원수만 아니었다면 형제로 인정하고 싶은 사내였다.

'사미칸과 함께하려면 우리 사이의 앙금부터 없애야 한다. 하지만 사미칸은 바위도끼 부족을 순순히 해방시키려고 하지 않겠지.'

유릭은 풍요로운 밀밭을 꿈꾼 적이 있었다. 문명세계에서

끝이 없는 황금물결을 보는 순간, 유릭은 벅차오르는 감정을 주체하지 못했다. 문명의 농부는 피를 흘리지 않고 괭이와 물과 햇살만으로 음식을 일궈냈다.

부족은 불안정한 정착생활을 전전했다. 하늘은 변덕스럽고, 땅은 척박했다. 인구에 비해 많은 영토가 필요한 것도 그 때문이었다. 사냥감과 숲이 고갈되면 부족사람들은 천막을 철거하고 새로이 터를 잡았다.

푸른안개 부족은 드물게 정착생활을 하는 부족이나 마찬가지였다. 호수를 둘러싼 자원은 풍부했고, 인구도 그만큼 많아서 주변 부족의 위협을 이겨냈다.

바람이 불어 유릭의 머리카락을 쓸어갔다. 유릭은 목덜미를 간지럽히는 머리카락이 성가시다고 느꼈다. 그는 그간 길게 자란 머리카락을 대충 끊어서 잘랐다.

철퍽.

유릭은 푸른안개 부족이 자랑하는 호수에 발을 내디뎠다. 푸른안개 부족은 호수를 신성시했다.

'강과 연결된 것도 아닌데 호수가 있다니. 신기하군.'

푸른안개 부족은 호수의 정령을 숭배한다. 지하수가 흘러 만들어진 호수이기에 주변 땅은 지하수의 영향으로 토질이 좋았다.

'어쩌면…….'

유릭은 품을 뒤졌다. 보리 씨앗이 한 움큼 나왔다.

'험한 땅에도 잘 자란다고 하던데…….'

유릭은 농사에 대해 무지하다. 그저 상인들이 말하는 대로 종자를 사 왔을 뿐이었다.

유릭이 심은 씨앗은 남부 보리라 불리는 개량 종자였다. 쓴맛이 강하지만 워낙 튼튼한 종자인지라 어지간한 가뭄도 견뎌낸다.

'이 종자가 잘 자랄지는 하늘과 땅만이 알겠지.'

유릭은 조그마한 텃밭에 보리를 심으며 하늘을 바라봤다. 그의 손에는 흙이 묻어 있었다.

서부의 하늘은 절대적인 존재였다. 건기와 우기에 따라 부족의 흥망이 오갔다. 건기가 길어지면 서부는 피와 살육으로 얼룩진다. 전사들은 자신의 부족을 위해 살인을 저지르며 다른 부족을 약탈했다.

'우리를 조금이라도 가엾게 여긴다면야……. 작은 기적이라도 보여주지그래?'

유릭이 낮게 중얼거리며 흙을 곱게 포갰다. 그는 제국에서 가져온 씨앗을 종류별로 심었다.

'우린 먹을 게 필요해.'

문명인들이 약탈을 경멸하는 건 당연했다. 땀을 흘리는 것만으로도 먹고살 수 있기 때문이다. 하지만 야만인들은 땀만을 흘리면 가족을 굶긴다. 그들은 피를 흘려야 가족을 먹여 살릴 수 있었다.

'뺏고 빼앗기고, 평생을 이웃을 증오하는 데 낭비하지.'

유릭은 그게 전사의 삶이라 생각했다. 죽이고 빼앗는다. 그걸로 부족을 먹여 살린다. 그게 부족전사의 사명.

유릭이 눈동자를 들어 산맥과 마을을 번갈아 봤다.

'무엇이 옳은지는 모르겠지만……. 피를 흘리지 않아도 살 수 있는 세상이 좀 더 인간답다고 생각해. 모든 인간이 나처럼 전사가 될 순 없으니까.'

세상에는 다양한 삶이 있다. 문명의 사내들은 전사가 아닌 이도 대다수였다. 전사가 아닌 다양한 삶을 살아가면서 그들은 찬란한 문명을 이룩했다.

전사가 아닌 삶도 인정받을 수 있는 곳. 그곳이 유릭이 본 문명세계였다. 유릭은 전사였지만 전사가 아닌 이를 존중했다.

"빌어먹을."

유릭은 하늘산맥을 바라보다가 욕설을 내뱉었다. 그는 산맥 너머의 세계가 그리웠다. 고향도 아닌 곳인데도 보고 싶었다.

"소리가 나서 왔더니 웬 덩치가 있군."

노아 아르텐이 유릭을 발견하고 다가왔다. 호수 인근에는 물을 길으러 온 아낙네들이 많았다.

"아르텐."

"노아라고 불러. 아마도 우린 친하게 지내게 될 것 같으니까."

"내가 예전에 무슨 짓을 했는지 알면 친하게 지내고 싶지 않을걸?"

유릭이 입술을 비틀었다. 그는 아르텐 가문의 원수나 다름없었다. 그의 손에 죽어 나간 아르텐 가문의 탐험가만 해도 두 명이다. 그들 모두가 제국 입장에서는 영웅이나 다름없는 개척자였다.

"과거는 상관없어. 나는 지금 과거를 버린 거나 마찬가지니까. 이 다리로는 고향으로 돌아가지 못해."

유릭은 노아의 다리를 바라보며 손에 묻은 흙을 털었다.

"확실히 그런 다리로는 산맥을 넘지 못하겠지."

"그나저나 뭘 심은 거지?"

"작물."

"호오, 그것까지 생각해서 산맥을 넘은 건가?"

노아가 유릭을 다시 봤다.

'단순한 전사가 아니로군.'

서부에는 농경생활이 없다. 기껏해야 먹었던 과일 씨앗을 심고 떠나는 수준이었다. 건기와 우기가 불규칙하기에 작물을 키울 여유가 없었다.

'하지만 이런 서부에 적응하는 작물이 있다면…….'

노아는 유릭의 텃밭을 내려다봤다.

"너는 동포의 미래를 생각해서 다시 산맥을 넘어온 거로군."

감탄이 나왔다. 대단한 용기였다. 산맥을 넘는 건 목숨을 담보로 하는 일이다. 유릭이 심은 작물 중에 제대로 자라는 게 있다면 서부에도 큰 변화가 올 터다.

"노아 아르텐, 너는 부와 명예를 노리고 산맥을 넘었겠지. 황제의 명을 받아서."

"사미칸 앞에서 그 말을 했을 때는 솔직히 찔끔했다. 이대로 죽는가 싶었지."

노아가 나무둥치에 앉았다. 의족이다 보니 오래 서 있기가 힘들었다.

"사미칸이 널 처벌할 거라 기대하고 꺼낸 말이었는데, 놈은 쉽게 넘기더군."

유릭이 키득키득 웃었다. 나름 머리를 썼지만 사미칸은 자신의 중요 전력을 버리는 실수 따윈 하지 않았다.

"한 가지 묻지, 산맥은 어떻게 넘은 거지? 유릭."

노아는 그게 궁금해서 잠도 제대로 자지 못했다. 노아는 오년 전쯤부터 먼저 탐험에 뛰어든 사촌과 형들을 따라 탐험대를 꾸렸다. 그는 황제의 지원을 받고도 산맥을 넘기 힘들었다. 일개 야만인이 혼자 산맥을 넘었다는 건 말도 안 되는 일이었다.

"가르쳐 주면 내게 뭘 해줄 거지? 나는 사미칸과 다르다. 네게 받을 건 아무것도 없어."

유릭이 냉랭하게 말했다. 비약이지만 어찌 보면 노아가 바위도끼 부족을 이 지경으로 만든 거나 마찬가지였다. 노아가 아니었다면 푸른안개 부족이 이토록 빠르게 확장하지는 못했을 것이다.

유릭은 제국강철검을 뽑아서 땅에 꽂았다.

"…산맥 너머에서도 무용이 대단했나 보군."

제국기사였던 노아는 제국강철검을 알아봤다. 제국강철검은 시시한 전사가 가지고 다니는 무기가 아니다. 제국강철검을 멀쩡하게 들고 다니는 것 자체가 실력자라는 증거였다.

"하나 경고하지, 노아 아르텐. 너는 결코 살아서 다시 산맥을 넘지 못할 거다. 사미칸에게 충성하며 의리를 지켜라. 우리의 관습과 전통을 아는 자가 제국의 편에 붙는 건 내가 용납하지 않아."

상대에 대해 안다는 것. 그건 대단한 무기다. 노아가 제국군 편에 붙는다면 좋은 참모가 될 게 분명했다. 노아가 유릭을 주시하듯, 유릭도 노아를 주시하고 있었다.

"제국은 서부정복을 포기하지 않았군."

"그래."

"너는 그걸 막으러 왔고."

"내 모든 걸 바쳐서라도."

유릭이 가슴을 펴고 말했다.

"동족을 구한 영웅이 되고 싶은 건가? 유릭."

"아니, 그런 건 관심 없어."

"하지만 구하고 싶다면 영웅이 되어야 하겠지. 이름난 불세출의 영웅."

"검귀 페르젠처럼 말인가?"

유릭의 입에서 의외의 말이 나왔고, 노아의 눈썹이 위로 씰룩였다. 검귀 페르젠, 오랜만에 듣는 이름이었다. 모든 기사가 선망하는 기사 중의 기사 페르젠. 노아도 어릴 때부터 페르젠의 일화를 듣고 자랐다.

"만난 적이 있나?"

"포를카나 내전에서 페르젠은 죽었어."

유릭의 말에 노아가 벌떡 일어났다. 노아는 의족을 엉거주춤하게 잡으며 유릭에게 되물었다.

"무, 무슨 일이 있었던 거지?"

유릭은 차근차근 설명했다. 포를카나의 왕위를 건 내전, 제국의 개입, 페르젠의 행방불명. 대외적으로 알려진 그대로 노아에게 전했다.

'고향의 소식이 궁금할 만도 하지.'

노아는 유릭의 말에 귀를 기울였다. 유릭은 내전의 경위를 상세하게 잘 알고 있었다.

"그런데 너는 어떻게 그리 잘 아는 거지?"

"내가 직접 그 과정을 옆에서 봤거든. 나는 용병대장으로 내전에 참가했지."

고향의 최근 소식을 들은 노아는 뜨거운 감정이 울컥하는 걸 느꼈다. 자신과 상관없는 일인데도 가슴이 뛰었다. 그 어떤 오락거리보다 즐거웠다.

"고맙다."

노아가 가슴에서 우러나온 말을 내뱉었다. 유릭은 처음으로 노아와 동질감을 느꼈다.

'홀로 낯선 세계에 떨어진 자.'

유릭도 그러했었다. 그는 노아의 고독을 이해했다.

'어쩌면 네 말대로 우린 좀 더 친해질 수 있을지도 모르겠어.'

유릭은 눈시울이 붉어진 노아의 등을 두드렸다.

Chapter 5

부족의 이름은 성향, 영토와 연관이 깊다. 푸른안개 부족은 호수 때문에 안개가 자주 끼기에 그런 이름이 붙었고, 붉은모래는 산화된 철이 섞인 모래 때문에 그런 이름이 붙었다. 바위도끼 부족처럼 이름에 무기가 들어간 부족은 호전적이며 전사적 기풍이 강했다.

바람칼 부족도 그 이름답게 강인한 전사들을 가진 부족이었다. 300여 명의 바람칼 전사들이 싸울 준비를 했다. 노인까지 끌어모은 전력이었다.

"제정신이 아니로군, 푸른안개 놈들. 물고기나 처먹을 것이지."

바람칼 전사들이 욕설을 내뱉었다. 그들이 무기를 들고 마을 입구로 저벅저벅 걸어 나갔다. 언덕 너머로 푸른안개 부족이 오고 있었다.

푸른안개 부족이 바람칼 부족을 침략했다. 바람칼 부족은 복속 제안을 거부하고 푸른안개에 대항했다.

"승산은 있다. 끝까지 싸워라."

바람칼 부족장이 전사들을 독려했다.

'푸른안개 부족은 관리해야 할 부족이 많아. 전력을 전부 동원하진 못할 터다.'

푸른안개 부족은 덩치가 비대하게 커졌다. 노예와 반란을 관리해야 하기에 필요한 숫자의 전사만 전투에 동원했다.

'오백 정도인가.'

바람칼 부족장이 눈을 열게 뜨며 언덕을 쳐다봤다. 어림짐작해도 바람칼 전사보다 두 배 정도 많았다.

'창과 방패.'

푸른안개 전사들은 비슷한 장비를 들고 있었다. 방패와 창이 그들의 제식무기였다. 원래 부족들의 방패는 나무에다가 가죽을 덧댄 수준이었으나, 푸른안개 부족은 방패에 철 테두리까지 둘러서 더 튼튼하게 만들었다. 철 테두리는 노아 아르텐의 제안이었다.

푸른안개의 창은 일반적인 부족창보다 더 길어서 멀리 찌를 수 있었고, 전사들은 취향에 맞는 단병을 휴대해서 근접전도

대비했다.

유릭은 푸른안개 전사 틈에 서 있었다.

'내 형제들이 푸른안개를 당해내지 못한 것도 당연하지.'

푸른안개 전사들은 군대화가 된 상태였다. 단체전에서는 개인의 기량보다 통일된 행동이 더 중요하다. 통일된 군대의 힘은 유릭도 지금까지 수없이 봤다.

"후우."

유릭이 투구를 썼다. 머리만 가려주는 물방울 모양 투구였다. 비교적 시야가 탁 트여서 답답하지 않았다. 유릭은 코가리개를 흔들 듯 매만지며 투구의 위치를 바로잡았다.

철컹, 철컹.

유릭은 흉갑과 투구, 그리고 장갑만 장착했다. 각반은 기마용인지라 보병전에서 착용할 이유가 없었다. 유릭의 강철갑옷은 전신갑옷은 아니지만 뛰어난 방어력을 지닌 갑옷이다. 이것만 입어도 적이 공격할 부위가 절반 이상 줄어든다. 일격에 죽이는 급소는 거의 노리지 못한다.

"도대체……."

푸른안개 전사들은 유릭을 보며 입을 쩍 벌렸다. 생전 처음 보는 형식의 무구였다.

'적을 한 명을 죽일 때마다, 바위도끼 부족민을 한 명씩 해방한다.'

사미칸의 제안이었다. 볼모로 잡힌 바위도끼 부족민은 수백이다. 대부분 사내아이와 젊은 여자였다. 그들 없이는 바위도끼 부족의 미래도 없었다.

'일부라도 돌려보낸다.'

유릭은 주저 없이 전투에 나섰다. 답답하다고 싫어했던 투구마저 꾹 눌러썼다.

유릭의 존재는 전사들 사이에서도 이질적이었다. 몹시도 눈에 띄었다.

사미칸은 저 앞으로 나간 유릭을 보며 노아에게 말을 걸었다.

"유릭의 실력이 어느 정도일 것 같나? 노아."

"뛰어나겠지. 저 갑옷과 무기는 내가 있던 곳에서도 최상급품이다. 야만인 신분으로 저런 무구를 얻었다는 건 무지막지한 공을 세웠다는 증거야."

노아는 유릭의 갑옷을 처음 봤을 때 숨이 멎는 듯했다.

'제국공방의 물건을…… 어째서 야만인이?'

유릭의 갑옷에는 제국공방의 각인이 있었다. 더군다나 유릭의 덩치에 딱 맞는 걸 보아 맞춤제작이 확실했다. 제국공방에서 유릭을 위해 갑옷을 만들었다는 뜻이었다.

'강철무구는 제국의 최고기밀이거늘.'

노아가 고민하는 사이에 사미칸이 손을 들었다. 뿔나팔 소리가 길게 퍼졌고, 전사들이 방패를 들며 전진했다.

"비켜, 비켜. 길을 열라고. 유릭이 나가신다."

유릭이 진열을 갖춘 전사들을 밀치며 앞으로 나왔다. 방패를 든 전사들이 이맛살을 찌푸렸다.

"이봐, 푸른안개의 전투방식에 따라라. 멋대로 나서지 마."

전사들은 지금까지 똑같은 방식으로 승리를 쉽게 거머쥐었다. 난전이 아닌 방진으로 싸우면 승리도 쉬울뿐더러 병력 손실도 적다. 지금까지 부족의 전투방식에 비하면 혁명이나 다름없었다.

"난 저놈들 머리를 하나라도 더 베야 하니까 먼저 가도록 하지. 알아서 따라오라고. 이 얼굴 시퍼런 놈들아."

유릭이 전사의 경고를 무시하고 가장 앞에 나섰다. 그가 가볍게 몸을 풀며 제자리에서 방방 뛰었다.

타닥.

유릭이 탄력을 붙이며 뛰어나갔다. 발걸음을 따라 흙먼지가 피어올랐다. 진열을 이탈한 유릭이 혼자서 바람칼 전사들을 향해 뛰어나갔다.

"철갑옷?"

바람칼 전사들이 고개를 갸웃했다. 어떤 정신 나간 놈이 혼자서 먼저 달려오고 있었다.

"미쳤군. 혼자서 뛰쳐나가다니."

푸른안개 전사들도 유릭을 따라갔으나, 그들은 유릭의 움직임에 맞춰줄 생각이 없었다. 전열을 유지하며 차분히 한 걸음씩 나아갔다.

'혼자서 뛰어 들어가는 건 자살행위지. 나도 알아.'

유릭은 바람칼 전사들과 이십 걸음 정도 떨어진 거리에서 멈춰 섰다. 바람칼 전사들이 의아한 눈으로 유릭을 바라봤다.

휘릭!

유릭이 번개같이 팔을 휘둘러서 도끼를 던졌다. 기습 투척에 맞은 바람칼 전사 한 명이 정수리에서 피분수를 뿜으며 쓰러졌다.

"이, 개자식이!"

옆에 있던 바람칼 전사들이 우르르 유릭을 죽이려고 달려왔다. 그들이 창과 도끼를 던지며 유릭에게 덤벼들었다.

"읏차."

유릭은 등 뒤로 팔을 뻗어서 방패를 꺼냈다. 그가 방패를 앞으로 세웠다. 매서운 창이 방패를 관통했지만 유릭의 강철흉갑과 장갑을 뚫지 못했다.

휙!

유릭은 날아오는 투창을 낚아챘다. 그는 낚아챈 투창을 반대로 돌려서 적들을 향해 던졌다.

콰직!

유릭의 창에 꿰인 전사가 바닥에 꽂히듯 쓰러졌다.

'둘.'

유릭은 숫자를 세며 뒷걸음질 쳤다. 열이 잔뜩 받은 바람칼 전사들이 유릭만은 죽이겠다는 기세로 쫓아왔다.

'이게 문제지. 전투에 절도가 없고 감정적이다.'

부족민의 전투방식은 근접 난전이다. 활은 사냥용 무기라는 인식이 강했고, 용감하게 달려가 싸우지 않으면 전투가 끝나고 나서 형제들에게 무시를 당한다. 전사들은 격양된 감정만으로 싸운다. 제국군과 싸우려면 그것만으로는 부족했다.

'문명인보다 더 영리하게 싸워야 돼.'

유릭은 찔러 들어오는 창을 바라봤다. 그는 일부러 옆구리를 내주며 전진했다. 철갑옷을 상대해 보지 못한 전사들은 유릭의 갑옷에 크게 당황했다.

캉!

유릭의 옆구리에서 소리가 났다. 창날이 튕겨 나가는 소리였다. 갑옷이 아니었다면 내장을 휘저었을 찌르기였다.

"철갑옷! 후오오오옷!"

찌르기에 실패한 바람칼 전사가 창을 내던지며 도끼를 들었다. 그는 비명과도 같은 포효를 하며 유릭의 안면을 노렸다.

유릭은 주먹을 굳게 쥐며 힘껏 휘둘렀다. 팔뚝까지 감싸는 강철장갑은 그것만으로도 망치나 다름없었다.

콰직!

유릭의 주먹이 전사의 안면을 강타했다. 두개골을 깨부수며 뇌수를 쥐어짰다. 핏물과 뇌수가 금속 이음새 사이로 흘러들어 왔다. 유릭은 뜨뜻한 뇌를 짓누르며 시체를 걷어찼다. 그는 칼을 뽑으며 다음 전사를 맞이했다.

'둘러싸이면 안 돼.'

유릭이 몰려오는 바람칼 전사를 베어내며 계속 움직였다.

아무리 방어력이 뛰어나도 유릭의 갑옷은 전신갑주가 아니었다. 설사 전신갑주라도 다수에게 둘러싸이면 그 대단한 방어력도 무용지물이다. 결국 사람이 만든 물건이며 틈은 있다. 전신갑주를 착용한 강철기사들조차 서로 어깨와 등을 맞대며 빈틈과 약점을 보완했다.

'혼자서 유린하고 있군.'

멀리서 보는 사람들은 유릭의 무용에 감탄했다.

유릭은 적을 도발해 끌어내서 한 명씩 죽였다. 그러면서도 유릭은 절묘하게 뒤로 몸을 빼며 둘러싸이지 않게 움직였다. 일격에 전사를 죽일 정도의 실력과 강인한 체력이 뒷받침된 싸움이었다.

"활! 활을 가져와!"

뒤늦게서야 전사들이 짜증을 내며 활을 꺼내 들었다. 후열에 서 있던 전사들이 활을 가지고 앞으로 나왔다.

'보통 담력이 아니로군, 유릭.'

사미칸은 유릭이 빠지는 걸 보며 웃었다.

유릭은 싸움을 하면서도 귀를 열어두고 주변을 계속 보고 있었다. 그는 활을 보자마자 방패를 들곤 뒤로 물러났다.

"얼마나 많은 수라장을 헤쳐 나왔는지 보여. 보통내기가 아니야. 산맥은 아무나 넘는 게 아니로군!"

유릭이 시간을 끄는 사이에 푸른안개 전사들이 접근했다. 그들은 방패를 들고 창을 앞으로 뻗으며 열을 맞춰 돌진했다.

뿌우우우!

뿔나팔이 돌진 신호였다. 푸른안개 전사들은 이미 여러 번의 실전으로 호흡을 맞춘 군대였다. 그들은 사정없이 바람칼 부족의 심장을 꿰뚫었다.

"후오오! 사미카아아안-!!"

전사들은 존경하는 부족장의 이름을 외쳤다. 유릭 때문에 전열이 와해된 바람칼 전사들은 푸른안개의 방진 돌진에 맥없이 당했다.

"2열! 앞으로!"

방진의 두 번째 열에 있던 전사들이 전열과 자리를 바꾸며 창을 힘차게 뻗었다. 빈틈이 없는 시간차 공격이었다.

압도적인 교환비였다. 바람칼 전사 수십 명이 쓰러질 때까지 푸른안개 전사들은 부상자 몇 명이 전부였다.

"유릭! 자꾸 미친 짓 할래? 놀랐잖아! 이 자식아!"

볼드가 유릭 옆으로 오며 말했다. 타박하면서도 볼드의 얼굴은 웃고 있었다.

"기선제압을 한 것뿐이야."

유릭은 방진 안쪽에서 숨을 골랐다. 그가 저 뒤에 서 있는 사미칸을 바라봤다.

'사미칸은 보통 부족장과 다르다.'

부족장은 전사의 신뢰를 얻기 위해 가장 앞에서 싸운다. 그러나 사미칸은 뒤에서 명령하면서도 전사들의 존경과 신뢰를 얻고 있었다.

'문명세계의 귀족이나 왕처럼 행동하는군.'

숨을 고른 유릭은 볼드와 함께 다시 전장으로 뛰어들었다. 그는 자신의 부족을 위해 싸웠다.

바람칼 부족은 참혹하게 쓰러졌다. 규모로 보면 크진 않았으나 특유의 강단과 무력으로 넓은 땅을 장악했던 바람칼 부족이었다. 그들은 다른 부족보다 훨씬 더 많은 전사자를 낸 뒤에야 무릎을 꿇고 항복했다. 거의 괴멸이나 다름없었다.

'바람칼 부족은 명맥이 끊기겠군.'

바람칼은 부족을 유지할 만큼의 전사가 남지 않았다. 이대로 다른 부족에 흡수되거나 뿔뿔이 흩어져 방랑할 게 뻔했다.

"유릭, 나는 너를 믿지만…… 푸른안개 부족은 강해."

볼드가 덕지덕지 묻은 피를 닦으며 쓰게 웃었다. 대지에 쓰러진 전사들 중에서도 푸른안개 전사는 손에 꼽을 정도였다.

"알아. 하지만 제국군은 이보다 더 훨씬 강해. 이 정도로도 부족해."

"뭐?"

볼드가 눈을 크게 뜨며 유릭을 쳐다봤다. 볼드의 말뜻은 이렇게 강한 푸른안개 부족에게서 어떻게 바위도끼의 자유를 얻어낼 거냐는 소리였다. 유릭은 전혀 다른 대답을 했다.

"푸른안개 부족은 더 강해져야 돼."

유릭이 칼을 집어넣으며 바람칼 부족의 마을을 쳐다봤다. 전사들을 약탈과 강간을 시작했다. 마을에서 아녀자의 비명이 들렸다.

"푸른안개 부족이 더 강해져야 한다고? 그게 무슨 미친 소리야. 정신 나갔어?"

"적어도 일 년 안에 하늘산맥 자락에 있는 부족만이라도 전부 통합해야 돼. 사미칸이 그 적임자야."

볼드의 눈동자는 혼란스러웠다. 그는 유릭의 시선을 따라가지 못했다.

'도대체 넌 뭘 보고 있는 거야?'

"철갑옷 유릭, 대단한 활약이었어. 솔직히 말하자면 감명받았다."

사미칸이 유릭을 따로 불러 말했다. 그들은 폐허가 된 바람칼 마을에서 술을 나눠 마셨다.

흐느끼는 여자들의 비명이 간혹 들렸다. 전사들이 집집이 돌아다니며 사내아이들을 죽였다.

"사내아이는 전부 죽여. 나중에 복수하겠다고 설치면 곤란하니까."

사미칸은 바람칼 부족이 사라질 거란 걸 알았다. 공물도 바치지 못할 부족의 볼모를 데려갈 이유가 없었다.

모닥불 앞에 앉은 유릭은 말린 사슴고기에 소금을 쳐서 구웠다. 그는 염소젖술을 한 모금 마셨다.

"감명이랄 것까지야."

유릭이 땀에 젖은 머리카락을 쓸어 넘겼다.

"약속대로 삼십 명을 해방하지."

"후하군. 내 기억으로 이십여 명밖에 못 죽인 것 같은데?"

그것도 대단한 숫자였다. 유릭은 칼에 들러붙은 피를 뜨거운 물에 적셔서 닦아냈다. 깨끗해진 칼날은 동물기름으로 닦아서 녹이 스는 걸 방지했다.

"나는 관대한 사람이네, 유릭."

그 말을 들은 유릭이 웃음을 크게 터뜨렸다.

"그래, 그래. 관대하군. 아주 관대해."

사미칸은 유릭의 무구가 탐났으나 빼앗지 않았다. 아무리 좋은 무구라도 그건 한사람 분이었다. 유릭은 그 이상의 가치가 있는 전사였다.

유릭은 정비가 끝난 칼을 집어넣었다.

"산맥 너머의 위협이 오고 있다, 사미칸."

"그래서? 노아에게 물어본 적이 있어. 나도 네 경고를 허투루 들은 건 아니거든. 하지만 노아가 말하길 군대가 산맥을 넘는 건 불가능에 가깝다고 하더군."

"노아는 산맥 너머의 사람이다."

"하지만 지금은 내 사람이지."

"사람의 본질은 그렇게 쉽게 바뀌지 않아. 노아는 고향을 그리워하고 있고, 기회만 된다면 언제든 돌아갈 거다."

유릭은 노아를 나쁘게 말하고 싶지 않았다. 그는 그 누구보다 노아의 마음을 잘 이해했다. 하지만 노아는 유릭에게 있어 불온한 위험이었다.

"노아 아르텐은 나와의 우정을 지킬 거다. 이간질은 전사답지 못해, 유릭. 모처럼 철갑옷 유릭이라는 별명도 얻었는데 이렇게 치졸하게 굴 텐가?"

사미칸이 유릭을 비난했다. 유릭이 고개를 삐딱하게 숙이며 키득키득 웃었다.

"나도 저 산맥 너머에 친구가 있어. 내게 부와 명성을 약속한 사람도 있었지. 사미칸, 네가 아무리 잘나 봐야 저길 넘어가면 힘 좀 쓰고 다니는 무뢰배 집단에 불과하다."

"내 관대함과 친절을 인질로 삼아 말을 함부로 하는군."

사미칸이 인상을 찌푸렸다. 주변에 있던 전사도 유릭을 노려봤다.

"……나는 그 모든 걸 내던지고 산맥을 넘어왔다. 지즐도, 너도, 내가 어떤 희생을 치렀는지 이해하지 못할 거다. 하지만 내 영혼이 여길 가리켰고, 이 땅의 거친 흙과 빌어먹을 정도로 변덕진 하늘이 그리웠어."

사미칸의 유릭을 시선을 따라 동쪽을 바라봤다.

'유릭은 거짓말쟁이가 아니다.'

거칠고 진솔한 유릭의 말이 오롯이 사미칸에게 스며들었다.

'나도 대비를 해야 하는가.'

사미칸이 조용히 모닥불 쪽으로 다시 시선을 옮기며 생각했다.

지즐은 질투에 눈이 멀어 유릭을 무시했다. 그래서 사미칸에게 패했다. 지즐이 유릭에게 조언과 도움을 구했다면 지금처럼 되지 않았을지도 모른다.

'유릭은 정말로 순수하게 형제들을 지키기 위해 산맥을 넘어온 것인가?'

사미칸의 가슴이 끓어올랐다. 노아도 유릭이 산맥 너머에서 꽤나 지위가 있었을 거라 말했다. 유릭의 말과 노아의 말이 괴리감 없이 맞아떨어졌다.

푸른안개 전사들은 폐허가 된 바람칼 마을에서 하루를 머물고 돌아갔다. 그들은 약탈품과 여자 노예를 데리고 왔다. 푸른안개 부족은 비대하게 커진 상태였고, 약탈과 공물 없이는 자급자족하기 힘들었다.

"바람칼 부족은 목초지를 꽤나 많이 가지고 있었어. 건기가 오기 전에 가축을 데려다 풀을 배불리 먹이고 와. 살 좀 찌워놔야지."

사미칸은 마을에 돌아오자마자 이런저런 지시를 내리느라 바빴다.

유릭은 바위도끼에서 온 볼모들을 만나러 갔다. 그들은 유릭을 알아보곤 눈을 크게 떴다. 그들은 대형천막 하나에 수십 명이 들어가서 부대끼며 생활하고 있었다. 사내아이들은 눈을 뜨면 채굴 노동을 했고, 젊은 여자들은 온갖 잡일에 시달렸다.

"유릭이다! 유릭이야!"

볼모들이 유릭을 보며 눈을 크게 떴다. 유릭은 쓰게 웃었다. 아이들은 가혹한 노동에 시달려 바짝 말라 있었다. 음식도 굶어 죽지 않을 만큼만 돌아갔다.

"…서른 명만 집에 돌아갈 수 있다. 누가 갈지는 너희들이 정해."

유릭이 사정을 설명했다. 수염이 막 나기 시작한 소년들이 자기들끼리 떠들었다.

유릭은 소년들의 결정을 기다렸다.

"유릭, 우린 여자들부터 보낼 거야. 임신한 여자부터 앞으로 나와."

소년들이 서로의 얼굴을 보며 고개를 끄덕였다. 그들은 임신했거나 몸이 쇠약해진 여자부터 먼저 돌려보내기로 결정했다.

"그래, 그래야 사내지."

유릭이 소년의 머리를 쓰다듬으며 웃었다.

"유릭, 우리가 집으로 돌아갈 수 있을까?"

소년은 자신이 먼저 돌아가고 싶은 걸 꾹 참았다. 지금 바위도끼에는 가임기 여성이 부족했다. 소년들은 어린 나이인데도 부족의 미래를 위해 여자들부터 돌려보냈다.

"…날 믿어."

유릭이 입술을 달싹였다. 그는 동포와 형제들을 구하기 위해 산맥을 넘었다. 그건 아직 다가오지 않은 미래의 일이다.

지금 유릭의 눈앞에서 고통받고 있는 자들은 그의 가족들이었다.

'이들조차 구하지 못하면서 누굴 구하겠다고 잘난 척하는 거야……'

정신이 맑았다. 해야 할 일이 선명하게 보였다.

Chapter 6

푸른안개 부족은 확장을 계속했다. 지금까지 부족역사에 유례가 없었던 확장이었다.

부족 간의 전쟁에서는 아무리 유리한 승리를 거듭하더라도 사상자가 쌓인다. 부족전사는 전사지만 사냥꾼이며 사회의 일원이다. 사상자가 쌓이면 사회기반이 흔들리게 된다. 생활과 전투가 별개인 문명세계와 달랐다. 전사의 숫자는 단순한 전투력이 아니라 부족사회의 기반이기도 했다.

푸른안개 부족은 문명세계에서 온 전술을 흡수해 사상자를 최소화했다. 방진은 전투의 승리만이 아니라 병력보존에도 탁월한 전술이었다.

유릭은 푸른안개 부족의 전쟁에 계속 참여했다. 사미칸은 유릭의 전과에 따라 바위도끼 부족의 볼모를 해방시켰다.

"유릭, 이번에는 스무 명이로군."

사미칸이 유릭의 전과에 만족하며 웃었다.

"열 명 더 없어. 볼드도 싸웠으니까."

유릭이 피를 닦으며 따졌다. 사미칸은 손을 들어서 해방을 허가했다.

'이제 유릭을 전투에 내보내는 것도 관둬야겠군.'

유릭이 지금까지 해방시킨 볼모는 백여 명에 달했다. 상당히 많은 숫자였다. 더 해방하면 바위도끼 부족을 통제하기 힘들어진다.

'어떻게든 내 손에 들어오면 좋을 텐데 말이지.'

사미칸은 유릭을 탐냈다. 전투능력도 발군이며, 간혹 날카롭게 드러내는 지성은 보통이 아니었다. 유릭 같은 부하가 있다면 확장이 더 수월할 터였다. 유릭에게 군대를 맡기면 양면으로 확장이 가능했다.

'내 부하 중에서는 지휘를 맡길 사람은 없어.'

노아 아르텐은 외부인인 데다가 한쪽 다리가 없었다. 전사들은 노아의 명령 따윈 듣지 않을 것이다.

'조만간 붉은모래 부족과의 충돌도 각오해야 된다. 영역이 겹치기 시작했어.'

바위도끼와 붉은모래는 동맹을 맺은 상태였다. 사미칸 입장에서 굉장히 껄끄러운 세력이다. 상처를 입었지만 바위도끼는 이빨이 아직 남아 있는 짐승이다.

'곤란하군. 바위도끼 부족부터 정리하고 붉은모래를 쳐야 했는데……'

거기다가 유릭이 합류해 버리면 산맥 너머의 전술로 우위를 잡는 것도 흐지부지해진다.

'유릭은 내 밑에 둬야 하는 놈이다. 그게 안 되면 죽여야 하지.'

철갑옷 유릭은 푸른안개 전사들의 존경을 얻었다. 항상 선두에 서서 적들을 쳐부수는 용맹한 모습에 반하지 않을 전사는 없다. 적들은 유릭의 무위에 벌벌 떨며 뒷걸음쳤다.

'지즐이 쓰기에는 아까운 전사다. 지즐은 저런 전사를 두고도 제대로 쓰지 못하고 우리에게 졌지.'

사미칸은 곰곰이 생각했다. 그는 초원과 황무지에 사미칸이라는 이름을 남기고 싶었다. 시간이 흐르면 육체를 쇠락해 흙으로 돌아가고, 영혼만이 하늘산맥으로 올라간다.

'내가 이 시대를 살아갔다는 증거, 그건 내 명성을 남기는 것뿐.'

사미칸은 맥없이 사라지고 싶지 않았다.

바위도끼 부족의 재건이 어느 정도 끝났다. 천막은 가구 수만큼 있었고, 당분간 버틸 만큼의 식량도 비축했다. 아직 건기가 오지 않은 게 천만다행이었다. 거기다가 유릭이 데려온 동맹 붉은모래 부족은 여러 가지로 지원을 아끼지 않았다.

'붉은모래 부족도 푸른안개의 확장을 경계하고 있어. 바위도끼라는 동맹이 필요하다는 걸 깨달은 거지.'

지즐은 붉은모래의 도움을 거절하지 않았다. 자존심을 굽히며 얻을 수 있는 건 전부 얻어냈다. 덕분에 푸른안개에게 빼앗긴 만큼의 무기를 다시 쟁여둘 수 있었다.

'우린 다시 발톱을 갈고 있다, 사미칸.'

지즐은 복수를 다짐하며 굴욕을 참아냈다.

"잡혀갔던 여자들이 돌아왔어!"

바깥에서 소란이 일었다.

"잘 들어. 이 여자들은 유릭이 구한 거야. 유릭이 대신 피를 흘린 대가라고."

여자들을 데리고 온 볼드가 말했다. 그는 유릭이 여자들을 구한 거라 여러 번 강조했다.

"유릭에게 인사를 전해주게, 볼드. 내 딸을 구해줘서 고맙네."

전사들은 돌아온 딸과 부인을 보며 고개를 꾸벅 숙였다. 바위도끼 부족민들은 유릭을 호의적으로 바라봤다. 유릭이 금기를 어겨 저주받았다는 말을 하면 오히려 그 사람이 욕을 먹었다.

붉은모래 부족과의 동맹을 얻어낸 것도, 붙잡힌 볼모를 돌려보낸 것도 유릭이었다. 부족장이 해야 할 일을 유릭이 전부 하고 있었다.

지즐은 천막에서 나왔다. 부족민의 시선이 지즐에게 모였다.

“유릭은 사미칸의 신뢰를 받고 있나 보군. 아주 좋은 대접을 받고 있나 봐?”

지즐의 빈정에 볼드가 눈을 치켜떴다.

“적어도 능력에 맞는 정당한 대우를 받고 있지. 누구 밑에 있을 때와는 다르게.”

“우리의 원수 밑에서 꼬리를 흔드는 거겠지. 나한테는 고개를 빳빳하게 세우더니 사미칸한테는 아주 숙이고 들어갔나 보군.”

“유릭에 대해 그딴 식으로 말하지 마라, 지즐.”

볼드가 경고하듯 말했다.

“너야말로 그딴 식으로 내게 말하면 안 되지! 난 부족장이다! 볼드!”

“패배한 부족장이지.”

“이, 이…….”

지즐의 얼굴이 새빨갛게 변했다. 부족민들도 웅성거리며 다툼을 지켜봤다. 일개 전사인 볼드에게 부족장이 모욕당했다.

예전 같으면 볼드가 징계를 받았을 터다.

부족민 사이에서 키룽카가 튀어나왔다. 그는 지즐의 어깨를 두드리며 말했다.

“지즐, 할 말이 있다. 잠시 시간을 내줘.”

키룽카는 지즐이 사고를 치기 전에 데려갈 생각이었다. 부족민에게 인망조차 잃으면 끝장이었다.

“내가 다시 오기 전에 그 잘난 사미칸과 유릭에게 돌아가는 게 좋을 거다! 볼드!”

지즐이 볼드에게 삿대질하며 자신의 천막으로 들어갔다. 볼드는 어깨를 으쓱하며 주변 부족민들에게 손을 흔들었다.

콰당!

지즐은 천막에 들어가자마자 화로를 걷어찼다. 잿가루가 바닥에 쏟아졌다.

“후우, 빌어먹을 자식이 날 모욕했어.”

“진정해, 지즐.”

“내가 진정하게 생겼어? 얼마 전까지만 해도 죽은 듯이 살던 놈이 기가 살아서 날뛰고 있다고! 우리 부족에겐 위기가 닥쳤는데 유릭과 볼드는 마치 기회를 잡은 것처럼 좋아하고 있지! 빌어먹을 새끼들!”

“유릭이 여자들을 해방시킨 건 감사해야 할 일이다. 전사들의 사기도 높아졌어.”

키룽카가 사실을 말했다. 그도 유릭을 좋아하진 않았지만, 유릭이 부족에 기여를 많이 한 건 사실이었다. 지금까지 유릭을 배제했던 건 지즐과 키룽카의 실수였다. 키룽카는 자신의 실수를 인정했다.

"너도 내 성질을 건드리는군. 그렇게 유릭이 좋으면 너도 그 놈 옆에 붙어 있지그래?"

"난 그런 의미로 한 말이 아니잖아. 정신 차려! 정말로 부족장 자리에서 쫓겨나고 싶어?"

"날 쫓아낸다고? 내가 부족장인데 누가 날 쫓아낸다는 말이지?"

"전사와 주술사들이겠지. 부족장은 모두를 대표해 권한을 위임받은 대리인일 뿐이다. 요즘 유릭에 대한 말이 오가고 있어. 부족장이 유릭이었다면…… 이라고 떠들고 있지."

지즐은 의자에 주저앉았다. 그가 머리를 감싸며 어깨를 들썩였다.

"빌어먹을, 지금까지 바위도끼 부족을 지켜온 사람은 나야. 유릭이 아니라 내 아버지와 내가 지켰잖아. 이제 와서 놈이 조금 잘했다고 다들 이렇게 등을 돌리는 거야? 그게 옳은 거냐고! 무책임하게 부족을 떠났다고 돌아온 놈이잖아?"

"네 말이 맞아. 사람들은 네 고생을 까맣게 잊고 있지. 하지만 그게 현실이다. 부족민들에게 필요한 걸 해주고 있는 사람은 유릭이야."

키룽카가 쓰게 웃었다. 그는 지즐에게 듣기 좋은 말만 해줄 생각이 없었다. 계속 멍청하게 굴다간 부족장 자리에서 쫓겨날 게 뻔했다.

'현실을 마주하고 극복해야 돼, 지즐.'

키룽카는 유릭이 대단한 전사라는 걸 옆에서 봤다. 배짱도 있고 대담했다. 머리도 좋고 실력도 있어서 부족장으로도 부족함이 없는 인물이었다.

"그래, 키룽카……. 아직 볼드가 밖에 있으면 잘 먹여서 보내라. 볼드는 고생했어. 대우를 받을 자격이 있지."

"우린 실수를 했지만 아직 끝나지 않았어. 넌 아직 바위도끼의 기둥이다. 멋지게 다시 일어설 거야."

키룽카가 그 말을 하곤 천막을 나갔다.

끼익.

지즐은 천막에 혼자 남았다.

'유릭.'

지즐은 부족장의 아들로 태어났으며, 평생을 유릭이라는 존재에 시달렸다. 지즐이 아무리 바득바득 노력해도, 유릭이라는 괴물은 다음 날 아침 더한 일을 해냈다. 주변 어른들은 경쟁이라 불렀지만, 지즐은 유릭과 엇비슷하게 행동하는 것만으로도 벅찼다.

'왜 다시 돌아온 거냐.'

지즐이 비척거리며 모피 망토를 둘렀다. 그는 사냥 장비와 보존식을 챙겼다.

"키룽카, 잠시 자리를 비우겠다."

지즐은 키룽카를 다시 불러서 그리 말하곤 마을을 벗어났다. 그는 초원을 걷고 숲으로 들어갔다.

"이거 우리 부족장이 아니신가. 무슨 일로 여기까지 오셨지?"

숲에는 노파가 있었다. 그녀는 바위도끼 부족의 주술사다.

'딱히 여기로 오려는 건 아니었는데……. 무심코 걷다 보니 주술사의 오두막까지 왔군.'

지즐은 노파를 물끄러미 바라봤다. 약초 바구니를 든 노파는 검은 이를 드러내며 킬킬 웃었다.

'유릭과 친한 할망구지.'

지즐은 노파를 좋아하지 않았다. 죽을 때도 놓친 노인이라 생각했다.

'옛날부터 유릭을 빛의 전사니 뭐니 하며 떠받든 노인네.'

노파의 이름을 아는 사람은 없다. 아마도 바위도끼 부족에서 최고령일 터다. 다들 숲의 노파 주술사라고 불렀다.

"사냥을 나온 거요."

"혼자서?"

"그거야 내 마음이지."

지즐이 말하자, 노파가 의미심장하게 웃었다.

"토끼라도 잡아 오면 내가 맛있게 탕을 끓여주지. 유릭 놈이 사라져서 고기를 못 먹은 지 오래됐어."

지즐은 인상을 찌푸렸지만, 순순히 사냥을 나섰다. 그는 숲 안쪽으로 들어간 지 얼마 되지 않았는데 토끼 두 마리를 잡았다. 대단한 활 솜씨였다.

'유릭에게 지지 않으려고 매일 연습했으니까.'

유릭과의 사냥경쟁은 지즐에게 고문이나 마찬가지였다. 지즐이 사냥에 성공하더라도 다음 날이면 유릭이 더 대단한 사냥감을 가지고 돌아왔다. 덕분에 지즐은 죽을 맛이었다.

"잘 왔어! 고기를 손질해 솥에 넣게, 부족장!"

오랜만에 고기를 먹는지라 노파가 신이 나서 말했다.

"음."

지즐은 탕의 색깔을 보며 인상을 찌푸렸다. 이끼처럼 색깔이 누눅했다. 미묘한 풀 비린내와 악취가 올라왔다.

"고기 안 넣고 뭐 해? 맛있어. 유릭도 내 토끼탕을 환장하며 먹었지."

지즐이 솥을 바라보며 고기를 넣을까 말까 고민했다.

탁!

노파가 국자를 들어서 지즐의 손목을 때렸다. 지즐이 들고 있던 고기가 솥 안으로 빠졌다.

'아까운 고기가……'

노파가 질퍽하게 끓인 탕을 나무그릇에 덜어서 내놓았다. 지즐은 국물을 마시다가 인상을 찌푸렸다.

"흐흐, 맛있다고."

노파가 때가 꾀죄죄한 손톱으로 토끼 다리를 찍찍 뜯어 먹었다.

"나는 유릭을 괴롭히는 데 성공했군."

지즐은 억지로 한 그릇을 비우며 중얼거렸다. 속이 뒤집히는 듯했다. 진흙에 나물을 버무려 끓인 느낌이었다. 고기의 감칠맛조차 흙과 풀 비린내에 묻혔다.

"유릭, 그래. 유릭. 녀석은 초원의 아들이지……."

노파가 중얼거리며 말했다. 그녀의 눈은 반쯤 풀려 있었다.

'빌어먹을 주술사.'

지즐은 그제야 탕에 묻힌 냄새를 맡았다. 시야가 몽롱했다. 탕에다가 환각초를 잔뜩 넣은 게 분명했다.

"우웩."

지즐이 손가락을 입안에 넣어 먹은 걸 게워냈다. 그는 짜증을 내며 노파를 쳐다봤다. 이미 자신만의 세계로 들어간 노파는 지즐에게 관심을 두지 않았다.

"유릭은 저주를 받은 게 아니야. 땅에서 태어나 하늘의 축복을 받고 돌아온 거지."

노파가 토끼의 뼈들을 걸러내며 말했다. 그녀는 토끼 뼈를 나란히 바닥에 두곤 점을 쳤다.

"놈은 금기를 어겼소."

"상관없어, 유릭은 위대한 전사니까. 위대한 전사는 금기에 얽매이지 않아. 킥킥."

지즐이 노파의 멱살을 쥐어 잡았다. 노파는 그저 웃기만 했다. 입안에서 오래된 악취가 흘러나왔다.

"유릭이 위대한 전사라면… 도대체 나는, 스테조의 아들 지즐은 뭐란 말이오? 난 뭐 때문에 부족장이 된 거요?"

지즐의 눈시울이 붉었다. 그가 노파의 멱살을 놓았다.

"그건 하늘에게 물어보게, 부족장."

노파가 손가락을 위로 뻗었다.

초원의 아이는 어디에서 온 걸까?

유릭은 전사들이 사냥을 나섰다가 주워온 아이다. 흔한 일은 아니지만 없는 일은 아니다. 서부에는 가족 단위로 방랑생활을 하는 이도 많았다. 여유가 없으면 아이를 버리고 떠나기도 했다.

버려진 유릭은 지금과 비교가 되지 않을 정도로 왜소한 아이였다. 비쩍 마른 몸뚱이는 나뭇가지처럼 가늘었다. 길게 자라난 머리카락은 얼굴을 뒤덮었고, 입술은 건기의 황무지처럼 갈라져 있었다.

'그저께 죽은 전사의 이름을 따서 유릭이라 이름을 붙였지. 바위도끼의 유릭.'

지즐은 유릭이 온 날을 기억하고 있다. 당시의 광경은 흐린 물속처럼 불투명했다. 하나 유릭의 모습만큼은 지금도 선명하게 떠올랐다. 비쩍 마른 꼬마 유릭.

유릭은 또래 아이들과 같이 성장했다. 당시에 부족은 여유가 있었던지라 고아인 유릭에게도 음식이 넉넉하게 돌아갔고, 유릭은 언제 빼빼 말랐냐는 듯이 금방 성장했다. 부족은 공동육아였고, 부모 없는 고아는 허다했기에 유릭은 금방 또래 속에 녹아들었다.

후우우웅.

산세를 타고 내려온 바람이 지즐의 뺨을 때렸다. 지즐은 파르르 떨면서 모피 망토를 여몄다.

'유릭은 금방 몸집도 커지고, 전투기술도 쑥쑥 배워 나갔지. 어른들은 가르치는 맛이 있다며 유릭을 좋아했어.'

유릭은 대단한 전사가 될 거라고 주목을 받았다. 실제로도 유릭은 자신의 기량을 증명했다. 또래 아이들이 뭉쳐서 사슴이나 토끼를 잡을 때, 유릭은 사람의 목을 베어 돌아왔다.

유릭을 추종하는 아이들은 많아졌다. 어른들도 내심 유릭이 부족장감이라고 말하곤 했다. 차기부족장으로 지즐이 확정된 상황에서도, 사람들은 유릭이 부족장이 될 거라고 막연히 생각했었다.

'웃기지 마. 부족장은 나야.'

지즐은 부단히 노력했다. 부족장 자리는 직계가 잇는다는 법은 없다. 하지만 시기가 적절하게 맞아떨어지고, 자질만 충분하다면 부족장 자리가 혈통을 따라 이어지곤 했다. 지즐은 자질이 모자란 편이 아니었으나, 특출한 편도 아니었다.

특출한 전사 유릭의 존재 때문에 지즐은 어른들의 시험을 끊임없이 받으며 자라왔다. 심지어 그의 아버지 스테조조차 지즐을 유릭과 비교하며 몰아붙였다.

"나는 네가 밉다, 유릭."

지즐이 평생 쌓아온 인망과 힘조차 유릭 앞에서는 아무것도 아니었다.

후우웅.

지즐은 하늘산맥을 올랐다. 그는 금기를 깨부수고 위로 향했다.

'하늘산맥을 넘지 말지어다.'

오랜 금기였다. 하늘산맥은 죽은 자들이 가는 곳. 그곳 너머에는 영혼의 세계가 있도다.

산 자가 죽은 자의 세계를 발을 내디뎠다. 지즐은 등골이 저려왔다. 힘든 것보다 심리적 장벽이 그의 발걸음을 막아섰다.

"너는 아무렇지도 않게 금기를 어기고……."

금기를 어긴 유릭을 책망하는 것도 잠깐이었다. 바위도끼 사람들은 유릭을 좋아했다.

'나도 알아. 유릭은 헌신적인 전사지. 바위도끼 부족을 위해서라면 목숨을 던질 놈이다.'

지즐이 눈을 들었다. 새하얀 눈이 쌓인 봉우리가 저 멀리 보였다.

'나도 부족장의 아들이 아니었다면, 널 좋아했을지도 모르지.'

지즐은 싫으나 좋으나 유릭과 경쟁해야 하는 운명이었다.

'가혹한 운명이로군.'

선택의 여지가 없었다. 부족사회에서 약한 모습은 죄악이었다. 부족의 남자는 항상 강인해야 한다. 경쟁과 싸움을 두려워하면 누구도 인정해 주지 않는다.

지즐은 주어진 사명을 착실히 수행했다. 그는 운명을 거부하며 도망가지 않았다.

"아버지! 제가 무얼 못했습니까!"

지즐이 산속에서 울부짖었다. 지즐의 목소리가 메아리치며 사라졌다.

'유릭, 네가 산맥을 넘어 지혜를 얻었다면 나도 얻어주지.'

산맥은 혹독했다. 구전으로 전해지는 오랜 역사 속에서 산맥을 넘고자 하는 전사가 한 명도 없었을까? 인간은 누구나 꿈을 꾸고 모험을 갈구한다. 인간은 미지를 두려워하나, 미지를 극복하는 것 역시 인간이다.

'숨이 벅차다. 머리가 둔해.'

산맥이 금기가 된 이유는 간단했다. 하늘산맥은 신앙의 대상이면서도, 수많은 도전자를 집어삼킨 괴물이다. 이미 용감한 선조들이 직접 경험하고 경고했던 것이다. 산맥을 넘지 말라고, 그곳엔 죽음밖에 없으니까.

"……유릭도 해낸 일이다."

지즐이 숨을 거칠게 내뿜었다. 그가 바위를 붙잡으며 몸을 끌어 올렸다.

"바위도끼의 선조들이여, 제게 하늘을 바라볼 수 있는 힘을 주소서."

지즐이 품에서 액막이 부적을 꺼냈다. 액막이는 토끼발이 달린 목걸이였다. 노파가 산맥의 악귀들을 조심하라며 만들어 준 물건이었다.

"사미칸이 더 이상 너를 전투에 내보내지 않아. 큰일이군."

볼드가 유릭의 천막 안에서 말했다. 그는 천막의 가죽문을 살짝 젖히며 듣는 이가 없는지 확인하곤 다시 안으로 들어왔다.

"이제 볼모를 더 풀어주면 바위도끼 부족을 억제할 빌미가 없으니까 그런 거겠지. 사미칸은 영리해."

"우리가 이러고 있는 동안에도 사미칸은 전사를 이끌고 주변 부족을 점령하고 있어. 얼마 전에는 불꽃귀 부족이 자진해서 복종하러 왔지. 사미칸은 세를 불린 뒤에 붉은모래와 바위도끼를 한 번에 칠 게 분명해."

"그렇겠지."

"사미칸은 너를 신뢰하고 있어. 그래서 가까이 접근할 수 있지. 차라리 사미칸을…… 읍!"

유릭이 잽싸게 볼드의 입을 막았다. 그는 고개를 저으며 검지를 입술에 가져가 댔다.

유릭이 낮게 속삭였다.

"안 돼. 몰래 사미칸을 처리한다고 쳐도, 병신이 아닌 이상에야 우리가 했는지 다 알 거야. 존경하는 부족장을 잃은 푸른안개 전사들의 창이 어디로 향할까? 일단 볼모로 잡힌 우리 부족민들이 몰살당하겠지. 그것만은 확실해. 사미칸을 죽이면 상황이 더 나빠질 뿐이야."

유릭이 냉정하게 상황을 바라봤다. 볼드는 유릭의 차분한 말에 눈을 크게 떴다. 유릭은 이미 정치적 감각이 있었다. 귀족사회라는 복잡한 문명세계를 경험한 유릭은 이곳에서 상당한 정치가나 다름없었다.

'때론 적을 죽이면 더 많은 적이 생기기도 하지.'

적을 죽인다고 모든 게 해결되지 않는다.

"하지만 말이야, 유릭. 나는 내 동생과 누이들이 저런 꼴을 당하는 걸 그냥 볼 수 없어. 저들은 내 가족이다."

"알고 있어. 내가 삼 년을 떠나 있었지만 난 외부인이 아니야! 우린 가족이다."

유릭이 화롯불 위에 손바닥을 얹었다. 그는 눈을 감고 불꽃의 온기를 느꼈다. 온기가 열기로 바뀌고 뜨겁다는 느낌이 들었다. 굳은살이 단단한 손바닥조차 그슬리며 따끔따끔했다. 화상으로 생긴 물집이 손바닥에 잡혔다.

"유릭, 부족 내에는 널 지지해 줄 사람이 많아."

볼드는 볼모를 데려다줄 때마다 부족의 상황을 확인하고 왔다. 부족장 지즐은 인망을 잃어갔고, 부족민들은 유릭이 어떻게든 해줄 거라고 믿고 있었다.

유릭이 쓰게 웃었다.

"지즐도 내 형제야."

"유릭, 해야 할 일을 하자. 나는 내 목숨이 다하는 한이 있어도 널 따라갈 거야. 강한 전사가 부족장이 되는 건 당연해. 늑대는 자신보다 약한 놈을 무리의 대장으로 따르지 않아. 그게 같은 배에서 나온 형제일지라도 말이야."

볼드가 묵직한 눈동자로 유릭을 쳐다봤다. 유릭은 입술을 달싹였다. 선불리 말을 꺼내기 힘들었다.

"그래, 내가 부족장이 되겠어."

스스로 내뱉고도 유릭은 이맛살을 찌푸리며 주먹을 세게 쥐었다.

"유릭, 이건 배신도 굴욕도 아니야. 가족을 위한 용기지."

"거창하게 포장하지 않아도 돼. 난 지즐을 배신하고, 사미칸에게 고개를 숙일 거다."

유릭이 자리에서 일어서서 천막을 나갔다. 결정은 했고 발걸음에는 망설임이 없었다.

Chapter 7

사미칸은 축적된 피로에 짓눌렸다. 전사들은 교대로 원정을 나섰지만, 사미칸은 쉬지 않고 전사들을 지휘했다.

크고 작은 여덟 부족이 푸른안개 밑에 무릎을 꿇었다. 지금까지 누구도 이루지도 못했던 대단한 정복이었다. 동시대에 여덟 부족을 통제하는 건 부족 수준의 행정력으로는 기적적인 일이었다.

'충복이 필요해. 나 대신에 다른 부족을 감시하고 돌볼 놈들, 전쟁도 대신 치를 정도로 유능한 전사.'

혼자서 모든 걸 돌보는 것도 한계였다.

'미리 쓸 만한 놈을 옆에 두고 키웠어야 했다.'

이제 와서 눈여겨본 전사들을 불러서 옆에 뒀지만, 부족장

대리를 맡길 정도로 믿음직스러운 놈은 없었다.

'인재 없이는 확장도 없어.'

사미칸이 겪는 문제는 지금까지의 부족장들이 생각지도 못했던 문제들이었다. 선조의 지혜 따윈 아무런 소용이 없었다.

'스스로 생각하고, 내가 해결해야 한다.'

사미칸은 노아를 불러서 상담했다. 노아는 언제나 든든한 조언자다.

노아는 사미칸의 고민을 듣더니 고개를 끄덕였다. 그가 차분히 입을 열었다.

"혼자서 모든 걸 지배하는 건 힘들지. 지배자의 손이 닿지 않는 땅에는 영향력이 점점 옅어지거든. 보지 못한 존재를 두려워하고 따를 사람은 없으니까. 그래서 우리 세계의 왕들은 '귀족'이라 불리는 사람들에게 땅과 사람을 나눠주고 충성 서약을 받아. 태양신 루 앞에서 하는 고결한 서약이지. 명분 없이 충성 서약을 깨뜨리면 귀족들 사이에서는 경멸을 받고 아무도 따르지 않아. 땅을 받은 귀족은 왕을 대신해 그 지역에 머물며 영향력을 행사하지."

"귀족이란 왕이 땅을 맡길 정도로 뛰어난 존재인가 보군."

"땅을 다스리기 위한 교육을 어릴 때부터 받아온 고급인력이지. 모든 귀족이 뛰어난 건 아니지만, 그래도 아무한테나 맡기는 것보단 나아. 귀족에겐 오랫동안 그 가문을 지켜온 신하들이 있는데, 그런 가신들은 여러 분야에서 전문지식을 갖춘 인재들이라, 무능한 귀족도 가신들의 도움을 받아 영토를 쉽게 다스릴 수 있어. 오랜 세월 동안 축적된 안전망이지. 가끔은 정말 머저리 같은 귀족도 땅을 받아먹는 경우가 있거든."

이야기를 듣던 사미칸이 턱을 괴며 머리를 기울였다.

"내겐 당장 귀족 같은 인재가 없어. 키울 생각도 못 했지."

"나도 마찬가지다. 나 역시 기사라 불리는 전사인지라 이쪽으로는 둔했어. 정복이란 무력만으로 되는 게 아니군."

노아가 웃었다. 사미칸이 옅게 신음했다.

"굳이 끼워 맞추자면 귀족에 가까운 존재는 부족장들이지. 대부분의 부족장들은 개인 능력이 탁월해서 부족장 자리에 올랐거나, 어릴 때부터 선대 부족장에게 교육을 받은 자들이지. 집단을 통솔하고 다스릴 능력이 있는 자들이 부족장이다."

부족장은 아무나 하는 게 아니다. 부족사회의 주요구성원인 전사들의 존경을 받을 정도로 뛰어난 전사여야 하고, 매사에 공정하고 치우침이 없어야 했다. 가장 중요한 건 부족민을 보호하고, 부족의 이익을 챙겨줄 수 있어야 한다.

사미칸은 푸른안개 부족에게 막대한 이익을 가져온 부족장이다. 부족민들은 사미칸을 존경하고 사랑했다.

"하지만 다른 부족장들은 조금만 일이 생겨도 널 배신하겠지. 확실한 건… 사미칸 네가 죽으면 지금까지 굴복시킨 부족들이 단체로 일어나 푸른안개의 뒤통수를 때릴 거다. 그만큼 불안한 지배구조지."

노아는 기본적인 교육을 받은 귀족이다. 역사에 대한 지식도 나름 있었다. 제국의 강적이었던 북부는 제국이라는 공적이 나타나도 규합하지 못하고, 분열된 채로 제국에게 대항했다.

'북부용자 미요른이라는 걸출한 영웅이 나오기 전까지 북부는 진정한 하나가 되지 못했지.'

야만부족이 통합되려면 영웅이 나와야 한다. 모든 전사가 납득하고 존경할 만한 불세출의 영웅.

'그 영웅이 너다, 사미칸.'

노아는 자신의 은인인 사미칸을 왕으로 만들 생각이었다. 이미 마음을 굳혔다. 설사 사미칸이 훗날 제국의 강적이 될지라도, 태양신 루를 따르는 기사는 도리를 지켜야 한다.

"네가 외부인이 아니었다면 나 대신에 여러 일을 맡겼을 텐데, 아쉽군."

"외부인이 아니었다면 이런 지식을 전해주지도 못했겠지."

사미칸과 노아는 시시콜콜한 이야기를 시작했다. 친구라는 말이 거짓이 아닌지라 그들은 사소한 잡담도 즐겁게 나눴다.

끼익.

잡담이 멈췄다. 전사 하나가 천막 안으로 머리를 들이밀었다.

"사미칸, 유릭이 왔습니다."

사미칸이 올 게 왔다는 표정으로 고개를 끄덕였다.

유릭은 천막 안으로 들어갔다. 그가 눈동자를 굴리며 안을 살폈다.

'노아 아르텐도 있군.'

유릭이 물끄러미 노아를 바라봤다. 노아가 가볍게 고개를 까딱이며 인사를 했다. 개인적으로는 둘은 나쁜 감정이 없었다. 복잡한 상황만 아니라면 친밀하게 지냈을 정도로 묘한 유대가 있었다.

'산맥을 넘고 두 세계를 공유한 자.'

두 세계를 모두 경험한 자는 드물다.

"오, 유릭. 이리 와서 앉아."

사미칸이 유릭을 반기며 방석이 있는 자리를 권했다. 유릭은 그 자리에 앉으며 화롯불을 바라봤다. 화로 위에는 고기가 익고 있었고, 고깃기름이 떨어질 때마다 치이익 하는 소리가 나면서 맛있는 냄새가 났다.

"요새 나를 전투에 내보내지 않는군."

유릭이 투덜거리며 익은 고기의 겉면을 잘라서 한입 먹고는 술을 마셨다.

"그 이유는 자네도 알 텐데?"

"그럼 아무것도 시키지 않고 나를 여기에 언제까지 잡아둘 거지?"

"자네를 잡아두는 것 자체가 목적이니까."

사미칸이 웃었다. 그가 물소 뿔로 만든 술잔을 들어 올렸다.

"난 자유인이다. 이제 내 부족으로 돌아가겠어."

"그건 곤란하지. 내가 바위도끼 부족의 명맥을 끊지 않은 이유가 뭐 때문이라고 생각하지?"

유릭이 고기 자르던 단도를 빙글빙글 돌렸다. 여차하면 이 자리에 있는 모두를 죽일 수 있다. 사미칸은 대단한 부족장이었으나, 전사로서의 역량은 유릭이 한참이나 위다.

"내가 부족장이 되겠다."

유릭이 화롯불을 바라보며 말했다. 고깃기름이 떨어지면서 불꽃이 세게 튀었다. 불씨가 유릭의 눈앞에 아른거렸다.

"…그게 네 선택인가? 어려운 길을 가는군. 부족에 대한 애착이 강한 건 이해하지만, 이미 너를 한 번 등졌던 부족이다. 넌 할 만큼 했어."

사미칸은 유릭을 부하로 두고 싶었다. 유릭은 양면적인 속성을 가진 전사였다. 신중하면서도 성급하고, 차분하면서도 격정적이었다.

"나는 초원의 고아였어. 부모의 얼굴도 이름도 모르지. 그런 나를 거두고 키워준 부족이다. 부족이 나를 등져도, 나는 부족을 등지지 않아."

사미칸이 눈을 가늘게 떴다.

'저래서 부하로 두고 싶었던 거지.'

유릭은 요령을 부리지 않았다. 쉬운 길이 있을지라도, 도리와 이치에 따라 어려운 길을 택할 줄 아는 사내다. 요령을 부리는 자는 더 좋은 기회가 있다면 주변을 배신한다.

"부족장이 되겠다고 보내달라는 건가? 우습군. 나는 적이 될 사내가 크도록 놔둘 정도로 멍청하지 않아."

사미칸이 옆에 놓인 칼을 바라봤다.

"난 네 정복사업을 싫어하지 않아. 오히려 지지하는 편이지. 그 대상이 내 부족이 아니라면 말이야. 난 오히려 부족이 빠르게 통합되는 걸 원해. 길어야 삼사 년 내로 우린 함께 싸워야 될 거야."

"지겹도록 말하는 산맥 너머의 적 말인가? 큭큭."

사미칸이 입가에 주먹을 올리며 웃었다. 그가 물끄러미 노아를 바라봤다. 노아는 무덤덤하게 앉아 있었다.

"형제의 서약을 맺자, 사미칸. 그게 우리가 적대하지 않는다는 맹세가 될 거다."

사미칸의 얼굴에서 웃음기가 사라졌다.

"진담인가? 난 네 부족의 원수다."

"과거의 원한은 잊고, 우린 하나가 될 수 있어. 난 그런 자들을 이미 본 적이 있다."

북부와 서부는 닮아 있었다. 한정된 자원과 척박한 환경, 살기 위해 서로를 죽이고 약탈했던 자들. 그런 북부조차 서로에 대한 원한을 잊고 뭉쳤다.

"너와 의형제가 된 내가 부족장이 된다면 바위도끼, 붉은모래, 푸른안개가 모두 동맹이나 마찬가지다. 우린 초원과 황무지에서 가장 큰 세력이 되는 거지. 우린 서쪽으로 더 진군할 수 있어. 우리가 서쪽 하늘 아래에 모든 부족을 집어삼키는 거다."

사미칸이 유릭을 응시했다. 매력적인 제안이었다. 골칫덩어리가 단숨에 사라진다.

'먼저 내게 의형제를 제안할 줄이야. 대단한 그릇이로군.'

사미칸도 하나의 방책으로 형제의 서약도 떠올린 적이 있었다. 하지만 유릭이 받아들일 리가 없다고 생각했다.

"부족연합을 만들겠다는 거로군."

"아무리 푸른안개가 강해도 붉은모래와 비등하지. 싸워서 삼키기 힘들다는 걸 너도 알 거다."

"나쁘지 않군. 하지만 조건이 있어, 유릭. 대부족장으로 나를 지지해라."

유릭이 고개를 끄덕였다. 사미칸의 얼굴이 밝아졌다.

"서약을 준비하지."

사미칸이 바깥으로 나갔다. 그가 제사장을 불러서 서약을 준비하라 명했다. 놀란 제사장은 유릭과 사미칸은 번갈아 봤다.

"진심이십니까? 부족장?"

"그래, 유릭과 형제의 서약을 맺을 거다."

푸른안개의 제사장은 뭔가 불만인 표정이었지만 아무런 말도 하지 못했다.

사미칸은 부족장으로 올라섰을 때, 자신에게 반대하는 자들을 숙청했었고 부족 내의 권력을 독점했다. 사미칸의 뜻이 곧 푸른안개의 뜻이었다.

부족사회에서 형제의 가치는 무엇보다 중요했다. 그 어떤 죄보다 더 경멸받는 게 형제를 배신한 죄다. 부족전사들은 어릴 때부터 또래와 무리를 이뤄 사냥을 했고, 죽을 때까지 그들과 형제로 살아간다. 싸움도 사냥도 함께한 형제는 자신의 일부나 다름없었다.

형제의 서약은 외부인을 자신의 형제로 삼겠다는 맹세였다. 그런 형제는 동등했고, 자신과 똑같은 대우를 받는다.

유릭이 사미칸과 형제가 된다면, 유릭은 푸른안개 내에서 사미칸과 대등한 대우를 받는 셈이다. 반대로 사미칸 역시 바위도끼 부족민에게 유릭과 대등한 대우를 받는다. 여러모로 반발이 많을 수밖에 없었다.

반발을 억누른 건 사미칸의 절대 권력이었다. 더군다나 유릭은 푸른안개 전사 사이에서는 타 부족민이지만 존경을 받는 위치였다. 주술사들의 반대만 억누르면 충분했다.

때마침 하늘은 맑았다. 마을 중앙은 서약을 보러 온 사람들로 붐볐다. 서약의 증인은 많으면 많을수록 좋았다.

"나는 야망이 있다, 유릭."

깃털 투구를 쓴 사미칸이 말했다. 그는 평상시보다 더 화려한 차림새였다. 몸집이 훨씬 크게 보였다.

"야망이 없는 사람이 어디 있다고 새삼스레 그래?"

유릭이 키득키득 웃으면서 손바닥을 칼로 찢었다. 염소젖이 담긴 수반에 피를 떨어뜨렸다.

"비록 서로 필요에 의해 맺는 서약이지만…… 나는 너를 형제로 대우하고 지지하겠다. 너도 그럴 거라 믿는다."

사미칸이 유릭을 노려보며 자신의 손바닥을 베었다. 그도 수반에 피를 떨어뜨렸다.

제사장이 손을 들어 올렸다. 두건으로 얼굴까지 가린 주술사들이 고개를 숙이며 침음으로 노래를 불렀다. 목구멍을 긁는 듯한 소리가 무겁게 퍼졌다.

"하늘 아래에 두 사내가 피를 나누어 형제가 되었도다. 열흘이 지나기 전까지 두 사내가 형제가 되었다는 걸 알릴지어다."

제사장이 선포했다. 이제 오늘 모인 증인들은 만나는 사람마다 유릭과 사미칸이 형제가 되었음을 의무적으로 말할 것이다. 그 소식을 들은 사람들은 또 다음 열흘 동안 만나는 사람마다 유릭과 사미칸이 형제가 되었다는 걸 알릴 것이고, 그런 식으로 소식은 널리 퍼질 것이다.

부족사회에서는 널리 알려야 할 소식을 이런 식으로 의무화해서 전파했다. 오로지 도보로만 이동하는 사회이기에 정보전파가 늦기 때문이다.

유릭이 피가 섞인 염소젖을 마시곤 입을 닦았다. 염소젖이 몸에 스며드는 느낌이었다. 눈을 뜨자 마음가짐 때문인지 사미칸이 달라 보였다.

"이제 형제로군."

사미칸과 유릭이 서로 껴안으며 어깨를 두드렸다.

"부족장이 되어 돌아와라, 유릭. 그게 우리의 시작이다."

사미칸은 형제에 대한 예우로 바위도끼의 볼모들을 모두 해방시켰다. 부족장인 그가 형제의 부족을 노예로 부릴 순 없기 때문이다.

유릭과 볼드는 곧바로 바위도끼 부족으로 떠날 준비를 했다. 해방된 바위도끼 부족의 여자들은 서로를 얼싸안고 눈물을 흘렸다. 머지않아 전사가 될 소년들은 눈을 반짝이며 유릭을 동경했다.

볼드가 짐을 챙기며 유릭에게 말을 걸었다.

"사미칸과 형제가 된 걸 반기지 않는 전사들도 많을 거다. 다들 푸른안개 부족에게 복수할 날만을 기다리고 있었으니까."

"너도 그래?"

유릭이 볼드의 얼굴을 응시했다.

"아니, 난 널 믿어. 너와 난 형제고, 넌 부족의 미래를 구했다. 무슨 말이 더 필요해?"

"날 이해하지 못하는 사람들을 이해시킬 생각은 없어. 그럴 시간도 없지. 이제 앞으로 나아갈 뿐이다."

유릭이 짐을 짊어졌다. 바깥으로 나가보니 이미 바위도끼 부족민들이 행렬을 이뤄서 이동하고 있었다. 나이가 많은 소년들이 앞장서며 부족민들을 보호했다.

유릭이 합류하자 시선이 쏠렸다. 감사하다는 말이 쉴 새 없이 유릭의 귀에 쏟아졌다. 그들을 바라보던 유릭이 웃었다.

"돌아왔어! 돌아왔다고!"

"여자와 아이들이 돌아왔다!"

바위도끼 부족민들이 뛰어다니면서 외쳤다. 일을 하던 이들도 헐레벌떡 밖으로 뛰쳐 나왔다.

"유릭이 모두를 데려왔어!"

믿기 힘든 일이었다. 하지만 눈앞에 보이는 사람들은 가짜가 아닌 진짜였다. 꿈에서 그리던 아들과 딸, 그리고 부인을 만난 전사들은 눈물을 흘리며 가족들을 껴안았다. 전사들은 눈물을 쉽게 보이지 않으며, 우는 걸 나약하다 여겼지만 지금만큼은 아니었다.

"고맙네, 고마워, 유릭."

"별말씀을."

유릭이 하나하나 인사를 받으며 지나갔다. 그는 물에 적신 천으로 얼굴에 묻은 먼지를 닦아냈다.

"키룽카!"

유릭이 저 멀리 있는 키룽카를 불렀다. 키룽카도 자신의 동생과 누이를 다시 본 기쁨에 정신을 차리지 못했다.

"유릭, 먼저 이 말부터 해야겠지. 고맙다. 어떤 거래를 했는지 모르겠지만, 어떤 대가를 치르던 가족을 되찾은 게 더 중요하지."

키룽카도 거짓 없이 맑게 웃었다. 유릭이 키룽카의 어깨를 두드리며 고개를 끄덕였다.

"지즐은 어디에 있지?"

키룽카의 눈빛이 변했다. 그가 유릭을 바라보다가 고개를 저었다.

"사냥을 나섰다가 돌아오지 않고 있어. 사흘째다."

"사흘 넘게 사냥을 떠나는 건 예삿일이지만, 지즐은 부족장이지……."

"그래, 그게 문제야. 지즐은 아무리 사냥을 나서도 자리를 이틀 이상 비우지 않아. 부족장의 의무를 중요시하는 놈이니까."

지즐은 행방불명이었다. 그 소식은 이미 부족 전체가 알고 있었다.

볼드도 그 말을 듣곤 유릭에게 다가왔다.

"오히려 잘된 일이야. 지즐이 이대로 돌아오지 않으면 네가 부족장이 되겠지."

"글쎄……. 지즐을 찾아봐야겠어."

유릭은 수소문했지만 지즐의 행방을 아는 사람은 없었다.

곧 바위도끼 전사들은 볼모가 해방된 이유를 알았다. 형제의 서약에 대해 들은 전사들은 미묘한 반응을 보였다. 영향력이 있는 전사들이 모여서 떠들었다.

"사미칸과 형제의 서약을 맺다니, 이건…… 참 뭐라 할 말이 없군."

"하지만 다른 방도가 없었겠지."

"일단 모두가 돌아온 게 중요하네."

"그렇다면 복수는? 우리의 분노와 증오는 어디로 향해야 하는 거지?"

여러 말이 오갔다. 기뻐서 분노를 잊은 자도 있었고, 분노를 잊지 않은 자도 있었다.

"유릭이 형제의 서약을 맺어 그에 대한 예우로 부족민이 돌아왔지. 그런데 우리가 푸른안개를 공격할 순 없네. 그건 해선 안 될 치졸하고 비열한 짓이야."

그것만큼은 모두 동의했다.

"지즐이 없어 부족장 자리가 공백인 게 더 문제네. 우리끼리 이렇게 말해봐야 의미가 없지. 머리가 없지 않는가? 만약 부족장이 영영 돌아오지 않는다면……."

"말이 씨가 되지! 함부로 내뱉지 말게!"

여러 의견이 오갔으나, 어쨌든 바위도끼 부족은 축제를 벌였다. 그들은 밤새 춤을 추고 노래를 불렀다.

유릭은 훈제한 고기를 들고 숲으로 향했다. 그는 늘 돌아오면 노파에게 들르곤 했다.

노파는 고기를 들고 온 유릭을 환영했다. 그녀는 맛있는 탕을 끓이겠다며 솥을 화로 위에 올렸다.

"오늘은 특별히 몸에 좋은 걸 더 많이 넣었지! 네가 그렇게 튼튼한 것도 전부 내 덕인 거야, 유릭."

유릭이 어깨를 으쓱하며 대충 걸터앉았다.

"그보다 점이나 하나 봐줘. 지즐이 사냥을 나섰는데, 소식이 없어. 방향만이라도 알면 찾으러 가볼 거야."

솥 안에 약재를 넣던 노파 주술사가 누런 이를 드러내며 웃었다.

"그놈은 산맥으로 올라갔어. 내가 악귀를 쫓는 액막이를 만들어 보냈지.”

유릭을 벌떡 일어났다. 그가 눈을 크게 떴다.

“산맥을 올랐어? 지즐이?”

“내가 만든 액막이가 있으니 걱정 없어. 저주를 피해서 돌아올 거야.”

“멍청한 할망구가…….”

유릭이 인상을 찌푸렸다. 할망구라는 소리를 들은 노파가 나무주걱으로 유릭의 머리를 때렸다. 유릭은 아랑곳하지 않고 노파의 모피망토를 뺏다시피 하며 둘렀다.

“내 요리는 먹고 가야지! 이놈아!”

“시끄러. 산맥이 위험한 건 그깟 악귀 때문이 아니야. 아무런 준비도 없이 넘을 수 있는 곳이 아니라고. 지즐은 어느 쪽으로 간 거야?”

유릭은 산맥을 두 번이나 넘었고, 얼마나 위험한지 잘 알고 있었다.

‘어째서 산맥을 넘은 거냐, 지즐.’

그 대답은 유릭도 알고 있었다. 지즐은 늘 그랬다. 유릭이 뭔가를 해내면, 똑같이 해내려고 했었다. 그게 그 둘의 경쟁이었다.

지즐은 눈을 깜빡였다. 속눈썹에 서리가 껴서 새하얗다. 얼굴을 두드리는 바람에 안구마저 얼어붙는 듯했다. 발가락은 통각을 넘어서 감각이 없었다.

'하얗군.'

설원을 바라봤다. 항상 멀리서만 보던 하얀 봉우리였다.

지즐은 부들부들 떨리는 손으로 망토를 움켜잡았다. 구역질이 나오고 어지러웠다. 걸을 때마다 세상이 한 바퀴 도는 듯했다.

"악귀 따윈 없잖아……."

지즐은 산맥의 수많은 봉우리 중 하나를 올랐다. 지상이 까마득하게 작아 보였다. 봉우리에서 바라본 하늘은 훨씬 맑고 깨끗했다.

쫘악.

손바닥을 위로 뻗었다. 손끝은 하늘까지 닿지 않았다.

'하늘산맥이라는 이름이 무색할 정도로군.'

하늘은 인간의 손이 닿지 않는 곳에 있었다.

"후우."

깊게 심호흡하며 서쪽과 동쪽을 번갈아 봤다.

'신세계.'

다시 서쪽을 본다. 고향의 땅이 끝없이 펼쳐져 있다.

'고향.'

지즐이 다시 눈을 깜빡였다. 그의 몸이 쉬지 않고 떨렸다. 이가 부딪치며 딱딱 소리가 났다.

'유릭, 넌 고향을 등지고 신세계로 향했지.'

떨리는 손가락을 들어서 눈꺼풀을 크게 끌어 올렸다. 육체는 몹시도 괴로웠지만, 마음은 편안했다.

'나도 너와 똑같은 풍경을 봤다.'

지즐이 눈을 한 움큼 입안에 머금어서 녹였다. 목을 축인 지즐이 높디높은 하늘을 올려다봤다.

"하늘산맥 너머에 사람이 살고 있다면……. 우리 영혼의 종착지는 어디란 말이오? 내 아비와 선조들의 혼은 어디에……."

대답은 없다. 그저 바람만 분다. 하늘은 언제나 그랬듯이 무심했다.

'죽으면 알게 되겠지.'

지즐은 봉우리 끄트머리로 걸어갔다. 이제 결단을 내릴 차례다.

'서쪽과 동쪽. 고향과 신세계.'

지즐이 얼어붙은 입꼬리를 달싹였다. 그는 손가락으로 입술을 밀어서 억지로 웃었다.

"난 너와 달라. 부족을 버리지 않아. 난 부족장이니까."

지즐은 미련 없이 등을 돌렸다. 그는 왔던 길을 되돌아갔다.

'패배한 부족장, 산맥 너머의 적, 눈앞의 적, 내 자리를 노리는 강대한 전사.'

돌아가도 기다리는 건 고통뿐이다. 부족민들의 비난이 벌써부터 들리는 듯했다. 그는 족장으로서 부족민을 보호하지 못했다. 누가 탓하더라도 지즐은 할 말이 없었다. 어깨를 짓누르고 애간장을 태우는 의무와 책임. 누구라도 도망가고 싶을 것이다.

사박, 사박.

지즐은 눈을 밟으며 내려갔다. 그는 책임을 회피하지 않았다. 아무리 괴롭고 고통스럽더라도 그는 부족장이었다. 목숨이 다하는 날까지 부족장 자리에서 최선을 다하는 것. 그것이 지즐의 명예였다.

Chapter 8

유릭은 지즐의 흔적을 좇았다. 사람의 발길이 없는 산맥인지라 지즐의 흔적을 찾는 건 어렵지 않았다. 사람의 키만큼 부러진 나뭇가지와 짓밟힌 수풀을 따라갔다.

불을 피우고 야영한 흔적이 군데군데 보였다. 유릭은 위를 바라봤다.

'점점 높아지고 있어. 아무런 준비도 없이 오를 정도로 하늘산맥은 만만하지 않아.'

유릭이 이를 악물었다.

하늘산맥을 넘으려면 운과 실력이 둘 다 필요하다. 강인한 육체를 지닌 유릭조차 산맥을 넘을 때마다 목숨을 걸어야 했다.

'어질어질하군.'

유릭이 이마를 툭툭 치며 산맥을 올라갔다. 지즐이 어디로 올라갔는지 빤히 보였다. 지즐의 야영지 방향에서 오를 만한 길은 몇 없었다. 험지를 빼고 완만한 길로 갔을 게 뻔했다.

"난 다행이라고 생각하지 않아."

유릭이 중얼거렸다. 이제 발밑에서 눈이 밟혔다.

'난 부족회의를 거쳐서 부족장이 될 거다. 이런 식으론 아니야. 죽지 마라, 지즐.'

부족장 아들 지즐. 어린 시절 내내 경쟁했던 사이다. 유릭은 지즐과 대립했으나 그를 미워하진 않았다. 가끔은 껄끄럽고 짜증 난다고 생각했지만, 같은 부족에서 자란 형제다.

"춥군."

유릭이 손을 비비며 하늘을 바라봤다. 구름 한 점 없이 맑은 날씨였다.

'포드릭 아르텐이 나를 잡았었지.'

처음 산맥을 넘었을 때가 생각났다. 뭐가 뭔지도 모른 채로 포로로 붙잡혀 봉우리까지 끌려갔다. 지금 생각해 보면 살아서 산맥은 넘은 게 용했다. 유릭은 혈기왕성한 몸뚱이 하나만으로 산맥을 돌파했다.

"이런 말 하긴 뭐하지만, 나니까 가능했던 거지. 큭큭."

유릭은 언제나 자신의 육체를 믿었다. 그의 피와 살은 한 번도 유릭을 배신하지 않았다. 어떤 부상과 상처도 견뎠고, 유릭이 원하는 만큼 끝까지 움직여 줬다.

'나도 내 몸을 배신하지 않아.'

유릭은 방탕하게 사는 것 같으면서도 단련을 게을리하지 않았다. 단 한 번은 술과 약, 여자로 육체와 감각이 녹슬었었고, 당시 유릭은 참을 수 없는 분노를 터뜨렸다.

'내가 육체를 배신하면, 내 육체도 나를 배신한다.'

유릭이 주먹으로 허벅지를 세게 두드리며 울퉁불퉁한 바위 지형을 올라갔다.

어느새 산맥 중턱까지 올랐다. 유릭은 마른 장작을 모아서 불을 피웠다. 여기서 한 번 휴식하고 오를 셈이었다. 여기서 더 올라가면 장작도 없어서 불을 피우기 힘들었다.

"후욱."

유릭이 부싯돌을 들고 부딪쳤다. 몇 번 시도하자 불쏘시개에 불이 붙었다. 유릭은 불씨를 보호하며 모아둔 장작으로 불을 옮겼다.

타닥.

유릭이 손바닥을 뻗어서 몸을 녹였다. 열기가 피부를 통해 속까지 스며들었다.

휴식은 중요했다. 젖은 몸을 말리고, 뼛속까지 스며든 냉기를 떨쳐내야 한다. 유릭은 조금 과하다 싶을 정도로 충분히 쉬었다.

유릭은 쪽잠을 취한 뒤에 출발했다. 한참을 올라도 지즐이 보이지 않았다.

'저 봉우리까지 간 거라면…… 따라가기 힘들다.'

유릭도 급하게 산맥을 오른 터라 제대로 된 준비가 없었다. 진짜 목숨을 걸어야 하는 구간이 보였다.

"지즐."

유릭은 고개를 들어서 연기를 바라봤다. 멀지 않은 곳에서 누군가 불을 피우고 있었다.

"어이, 지즐!"

유릭이 전진하며 소리를 쳤다. 그의 목소리가 이리저리 부딪치며 멀리 퍼졌다.

'대답이 없어.'

유릭은 새하얀 숨을 내뱉으며 도끼를 잡았다.

'최악의 경우, 다른 탐험대일 수도 있지.'

숨을 죽이고 몸을 낮게 숙였다. 유릭은 바로 접근하지 않고, 그보다 더 올라갔다가 위에서 아래로 방향을 잡고 내려갔다. 자신의 위치를 속이는 방법이었다.

'보인다.'

유릭이 바짝 엎드려서 천천히 접근했다.

기척 없이 모닥불만 타오르고 있었다. 유릭이 머리만 빼꼼 내밀어서 눈동자를 굴렸다.

"빌어먹을."

유릭이 벌떡 일어나 뛰었다. 모닥불 옆에는 지즐이 누워 있었다. 그는 모닥불이 옆에 있는데도 몸을 잔뜩 웅크리며 바들바들 떨었다.

'냉기가 이미 지즐의 몸속까지 스며들었어.'

지즐은 의식이 흐릿한 가운데 겨우 모닥불을 피우고 잠든 모양이었다. 유릭은 주변의 장작을 더 모아서 모닥불을 더 세게 지폈다.

"지즐, 정신 차려. 이대로 자면 안 돼."

유릭이 지즐의 차가운 뺨을 툭툭 쳤다.

"유… 릭. 네가 나의 악귀로군."

지즐이 비몽사몽한 눈으로 말했다. 시야가 일렁이면서 유릭의 모습이 괴팍하게 보였다.

"헛소리 집어치워. 이 꽉 깨물고 눈이나 똑바로 떠."

유릭이 돌을 주워서 모닥불 안에 넣었다. 적당히 달군 돌을 지즐의 품에 집어넣었다. 그러다 모닥불이 약해지면 멀리까지 뛰어가서 장작을 구해왔다.

헌신적인 유릭의 간호 덕분에 지즐의 혈색이 서서히 돌아왔다. 감각이 없던 피부가 간지럽게 따끔따끔했다.

"망할 새끼."

의식이 어느 정도 돌아온 지즐이 욕설부터 내뱉었다. 자신의 목숨을 구해준 사람은 다름 아닌 유릭이었다.

'하필이면 왜 유릭인 거지?'

지즐의 목소리에 꾸벅꾸벅 졸던 유릭이 눈을 떴다.

"뭐 때문에 산맥은 오른 거냐? 아무런 준비도 없이 산맥을 오르는 건 미친 짓이야, 멍청아."

"그건 네 알 바 아니야."

"하? 지금 생명의 은인에게 할 말인가?"

유릭이 팔짱을 끼며 웃었다. 지즐은 아무런 말도 하지 못하고 인상만 썼다.

"언제 부족으로 돌아왔지? 후욱, 사미칸이 널 놔줄 것 같진 않았는데?"

지즐이 말을 하다가 숨을 골랐다. 정신은 차렸지만 상태가 좋진 않았다.

"사미칸과 형제의 서약을 맺었다."

유릭이 나뭇가지로 모닥불을 헤집으며 말했다. 그는 달궈진 돌을 꺼내서 지즐에게 던졌다.

"제정신이냐? 사미칸과 형제가 돼?"

지즐의 분노에도 유릭은 담담했다.

"대신 붙잡힌 볼모의 해방을 얻어냈지. 여자와 아이들을 돌려받았어."

"사미칸과 푸른안개 부족에게 복수하지 않는다면 죽은 형제들이 눈을 감지 못할 거다."

"죽은 형제는 상관없어. 내겐 살아 있는 형제가 중요하다. 죽은 사람은 아무런 말도 하지 못해."

유릭이 준비해 둔 마른 장작을 더 넣었다.

"그리고 그게 전부인가? 고작 형제의 서약을 맺는 것만으로 부족민을 해방시켰다고?"

"내가 부족장이 되는 조건도 붙었지."

그 말을 들은 지즐이 허리춤의 단도를 뽑았다. 그는 일어서려다가 발에 통증을 느끼곤 주저앉았다. 몸이 따스해지자 망가진 발바닥이 비명을 질러댔다.

"내 자리를 노리는 거냐! 처음부터 그럴 작정으로 온 거겠지!"

"어떻게 생각하든 상관없어. 널 부족으로 데려가서 정식으로 부족회의를 열 거다. 투표든 결투든 간에 어떤 방식으로든 부족장 자리를 손에 넣을 거야."

이치가 맞지 않았다. 부족장 자리를 원한다면 지즐을 죽게 놔두면 된다. 자연스레 차기 부족장은 근래 두각을 드러낸 유릭이 될 터다.

'하지만 그건 우리의 방식이 아니지.'

지즐은 유릭을 이해했다. 지즐도 유릭을 미워하고 견제했으나 추방령만큼은 내리지 않았다. 그건 전사의 자존심이었다.

"부축해 주지. 집으로 돌아가자, 지즐."

유릭은 손을 내밀었고, 지즐이 엉거주춤하게 일어서며 유릭의 어깨에 팔을 얹었다.

유릭의 부축을 받으며 지즐은 걸었다. 그는 뒤를 돌아보며 중얼거렸다.

"나는 저 봉우리까지 올라갔었어."

"대단하네. 별다른 준비도 없이 저기까지 갔다면 다음번엔 산맥을 넘을 수도 있겠어."

"하, 이젠 올라가라고 해도 올라가지 않을 거야. 역시 사람은 땅바닥에 발을 붙이고 살아야 돼. 하늘을 탐하면 안 된다고."

지즐이 실없이 웃었고, 유릭이 빈정거렸다.

"노인네 같은 소리를 하는군. '하늘산맥을 넘으면 저주를 받을 것이다!', '오오, 금기를 어기면 안 돼!' 웃기고 있네."

"내 목숨을 구했다고 해서, 부족장 자리를 넘겨줄 생각은 없다. 아직 날 따르는 전사들은 많아. 원로와 주술사들은 너보다 나를 지지할걸?"

"힘으로라도 빼앗지, 뭐."

"날 우습게 보다가 된통 당하는 날이 올 거다, 유릭."

"그래, 그래. 넌 옛날부터 입만 살았지. '까불지 마! 유릭!', '내가 부족장 스테조의 아들이다!', '부족장이 되는 건 네가 아니라 나야!' 등등."

지즐은 유릭의 심장을 찔러 버리고 싶은 충동을 가까스로 억눌렀다. 그는 한숨을 내쉬며 아래를 바라봤다. 완만한 경사가 끝났고, 가파르고 험한 바윗길이 나타났다.

"여기서부터는 업혀라. 그 다리로는 부축을 받아도 못 내려가."

유릭이 쪼그린 채로 자신의 어깨를 툭툭 쳤다. 지즐은 유릭에게 업힐 바에 차라리 절벽으로 뛰어내려 죽고 싶은 심정이었다.

"끄으으."

지즐이 입술을 악다물며 침음을 냈다.

"뭐 해? 날 혼쭐내려면 일단 살아서 돌아가야지."

유릭이 웃으면서 손가락을 까딱였다. 지즐이 팔을 뻗어서 유릭의 목을 감았다. 다 큰 사내의 업고도 유릭은 가뿐히 바윗길을 내려갔다.

유릭은 지즐을 업고 바윗길을 통과했지만, 지즐을 업고 있으면 양손을 제대로 쓰지 못한다. 험준한 산맥을 지즐을 업은 채로 전부 내려가긴 힘들다.

'조금 시간이 더 걸리더라도, 옆으로 빠져서 내려가는 게 나아.'

유릭은 이 부근의 산맥길은 얼추 아는 편이었다. 능선을 타고 남쪽으로 내려가면 야일루드로 이어지는 협곡이 있다. 협곡 아래는 인간이 건너기 힘든 절벽길이었으나, 협곡 위로는 지형이 완만하고 고도가 낮아서 내려가기 편한 편이었다.

"지즐, 능선을 타고 내려갈 거다. 곧장 내려가긴 힘들어."

유릭이 말했지만, 지즐의 대답은 파리 소리만큼 작았다.

'생기가 없다. 지즐은 빨리 휴식을 취해야 돼.'

유릭은 걸음을 서둘렀다. 그는 칼을 한 손으로 들고 수풀을 헤치며 전진했다.

"염소를 세듯 숫자라도 세라. 정신을 꽉 붙잡고 있어."

유릭이 목 뒤로 손을 뻗어서 지즐의 뺨을 툭툭 쳤다.

"시끄러워."

지즐이 이를 악물었다.

능선을 타고 계속 내려가자 지형의 굴곡이 완만해졌다. 유릭은 눈을 굴리며 협곡의 길이를 읽었다. 그는 지즐을 업은 채로 잽싸게 움직였다.

유릭의 체력은 삼 년 전에도 대단했지만, 지금은 삼 년 전과 비교해도 월등히 체력이 뛰어났다. 근력은 물론이고 심폐지구력은 말도 못 할 정도로 초인적인지라, 인간의 발길을 허용치 않는 산맥을 자유자재로 오갔다.

'유릭은 마치 산맥을 넘기 위해 태어난 인간 같군.'

지즐이 눈을 힘겹게 뜨며 생각했다. 지즐이 며칠을 걸려 이동한 거리를 유릭은 단숨에 좁혔다. 하늘산맥의 지리에 밝은 것도 있었지만 체력이 괴물 같았다. 단순히 길을 안다고 쉽게 오갈 수 있는 산맥이었다면, 지금까지 금기가 아니었을 것이다.

"찾았다."

유릭은 '리갈 아르텐의 야영지'를 찾았다. 유릭의 손에 몰살당한 탐험대의 자취였다. 그들과 유릭이 마지막으로 야영했던 자리에는 야영장비가 있었다.

'야영지에 손을 댄 흔적이 없어. 아직 제국군이 여기까지 개척로를 뚫지 못했다는 거지.'

옅게 눈으로 덮인 야영지에는 이런저런 야영도구들이 남아 있었다. 유릭은 야영지에 불을 붙이고, 오랫동안 방치된 담요들을 탈탈 털었다. 가방 안에는 꽁꽁 싸맨 보존식이 남아 있었다.

"곰팡이만 잘라내면 먹을 수 있겠군. 좋아."

유릭이 단도를 꺼내 곰팡이가 핀 건빵의 겉을 긁어냈다.

유릭과 지즐은 야영지에서 휴식을 취했다. 곧 날이 저무는 지라 더 움직이기도 힘들었다. 아무리 유릭이라도 어두워진

산맥을 돌파하진 못한다. 밤은 인간의 시간이 아니었다.

"냄새가 고약하군. 썩기 시작했어."

유릭은 지즐의 가죽신을 벗기며 말했다. 검푸르게 색이 변한 발이 보였다.

'동상.'

부족민에게는 낯선 부상이었다. 괴사한 부위가 점차 번지며 올라오기 때문에 동상이 걸린 부위를 잘라야 된다.

'여기서 자를 순 없어. 마을까지 내려가야 돼.'

유릭은 야영지를 뒤져서 여벌의 털신을 꺼냈다. 무두질이 잘된 가죽을 여러 겹 덧댄 털신은 따뜻하고 쉽게 젖지 않았다.

"끄으으."

몸이 어느 정도 녹자, 지즐이 신음했다. 몸 여기저기가 얼어붙었다가 녹아서 고통이 심했다. 얼굴은 새파랗고, 숨을 쉴 때마다 폐에 가시가 들어간 듯이 아팠다.

"이게 하늘산맥의 저주라는 건가. 큭큭."

지즐이 인상을 찌푸리며 웃었다. 그는 멀쩡하게 앉아 있는 유릭을 바라봤다.

'너만 하늘의 선택을 받은 자인 거냐…….'

유릭은 특별했다. 부족민 모두가 유릭은 다르다는 걸 알았다. 그런 유릭과 동시대에 태어난 전사들은 아무리 노력해도 최고가 되지 못했다.

"저주가 아니야. 그냥 몸이 얼어서 썩고 있는 거지. 마을에 내려가면 네 발을 잘라야 될 거다."

유릭이 담담히 말했다. 지즐은 얼굴을 감싸며 머리를 뒤로 젖혔다.

"……부족장이 된 걸 축하한다. 유릭."

뛰지도 걷지도 못하는 부족장을 따를 전사는 없다. 자연스레 지즐은 물러나야 할 것이고, 유릭이 부족장 자리에 오를 게 뻔했다.

"지즐, 네 호의를 살 생각은 없어. 바위도끼 부족에게 필요한 부족장은 나다."

"내가 부족하다는 뜻이냐? 난 지금까지 모자람 없이 부족장의 역할을 해냈다. 네가 오기 전까지는 아무런 문제도 없었어!"

지즐이 눌렀던 화를 터뜨렸다. 유릭은 모닥불을 휘젓던 나뭇가지를 들어서 동쪽을 가리켰다.

"그때는 변화가 느렸으니까. 앞으론 시대가 바뀔 거다. 경험하고 배워서 대응하면 늦어. 변화를 미리 읽을 줄 알아야 돼. 네겐 그런 재주가 없어, 지즐."

"닥쳐!"

지즐이 돌멩이를 잡아서 유릭에게 던졌다. 유릭은 돌멩이를 낚아채더니 뒤로 내던졌다.

지금은 격동의 시기다. 사미칸은 문명인의 힘을 빌려 부족을 통일하고 있었고, 문명인은 산맥을 넘기 위해 개척로 야일 루드를 건설하고 있다. 안팎으로 혼란의 연속인 시대였다. 그저 뛰어난 부족장만으로는 부족했다.

"머지않아 부족 간의 경계도 흐려지며, 서로를 형제라 부르며 등과 어깨를 맞대겠지."

유릭이 모닥불을 응시하며 미래를 예견하듯 말했다.

"그럴 리가 없어. 푸른안개 부족에 대한 증오와 분노는 결코 사그라지지 않아!"

"그래, 사소한 분노는 남아 있겠지. 하지만 우린 함께 싸울 거다. 함께 싸우지 않으면 같이 죽을 뿐이니까."

유릭이 눈을 감았다. 그는 담요로 몸을 꽁꽁 싸매며 잠들었다.

"잘난 척하지 마."

지즐이 중얼거렸다. 그는 자신의 창을 바라봤다. 창끝은 뾰족했다. 유릭의 심장을 찌를 기회였다.

'하지만 나는 부족장이다.'

부족장의 창이 안을 향해선 안 된다. 지즐은 쓰게 웃으며 눈을 감았다. 내일 다시 눈을 뜰 수 있길 바라며.

리갈 아르텐과 탐험대원이 실종된 이후, 아르텐 전초기지의 지휘공백은 길었다. 황제 얀키누스는 남은 탐험대들을 전초기지로 소집했으나, 그들은 산맥을 정복한 경험이 없는 탐험대였다. 미숙한 탐험대의 지휘 아래에서 야일루드 건설은 지지부진했다.

황제 얀키누스는 산맥 개척에 모든 역량을 기울였고, 과감하게 인사를 배치했다. 그는 현 북부총독 랭스터 공작을 전초기지 지휘관으로 파견했다.

랭스터 공작은 북부의 성지 뮬린을 정벌하고, 북부의 안정을 가져온 유능한 총독이었다. 야만인을 오랫동안 다룬 경험이 있으며, 험지와 추위에서 싸우는 법을 알고 있었다.

"좌천인지 아닌지도 애매한 자리로군."

랭스터 공작은 툴툴거리면서도 전초기지 지휘관을 맡았다. 형식적으로는 총독 자리에서 일개 기지 지휘관이 된 셈이었지만, 황제의 신뢰를 두툼하게 받는 자리였다.

'리갈 아르텐이 행방불명된 뒤로 개척로 건설이 늦어지고 있어.'

리갈 아르텐은 산맥 개척의 핵심인력이었다. 그는 협곡의 지형에 빠삭했고, 야일루드가 뻗어 나가는 방향을 제대로 잡아주던 사람이었다.

"미칠 노릇이지. 이런 험준한 협곡에 다리를 놓아 군대를 보내겠다니…….”

제국군의 역량으로도 벅찬 일이었다. 황제의 위대한 업적을 위해 사람들이 죽어갔다. 하루가 멀다 하고 사고로 죽었다는 보고가 올라왔다.

지역 인부들도 개척로 참가를 꺼리는 추세라 임금을 개척 초기보다 세 배로 지불했고, 위험한 일을 맡을 노예들도 마구잡이로 사들였다.

'성공하면 위대한 업적이고, 실패하면 역사에 남을 머저리 황제가 되겠지.'

랭스터 공작 밑에는 북부에서 경험을 쌓은 기사와 병사가 있었다. 그리고 그는 북부인 부하도 여럿 두고 있었다. 북부인은 체력이 좋고 추위에 강했다.

랭스터 공작은 북부인 부하에게 탐험에 필요한 훈련과 교육을 받게 했다. 훈련받은 북부인들은 문명인보다 뛰어난 탐험대원이었다. 타고난 추위내성과 강인한 체력은 하늘산맥을 오르기에 적합했다.

북부인 탐험대는 전초기지의 첨병이 되어 산맥을 정찰하고 지도를 새로 그렸다. 그들은 지형을 꼼꼼하게 살피며 야일루드를 이을 만한 땅을 찾아냈다.

"황제도 주목하고 있다고 하더군. 잘만 하면 떼돈을 벌 거야."

북부인 탐험대원이 말했다. 탐험대는 눈이 쌓인 바위 더미

위로 성큼성큼 올라갔다.

"난 가족들한테 돈만 들어가면 돼."

"울가로께서도 봐주시겠지."

"뭐야? 너 개종한 거 아니었어? 네 마누라랑 딸이 손잡고 태양신전으로 들어가는 걸 봤다고."

"마누라는 마누라고, 나는 나지. 난 검의 언덕으로 갈 거다."

북부는 루와 울가로가 뒤섞인 땅이었다. 루의 신도와 울가로의 신도가 같은 지붕 아래에서 사는 일도 흔했다.

"야영 준비하고, 자기 전에 연고 바르는 거 잊지 마."

탐험대장이 그리 말했다. 그들은 동상을 방지하는 연고를 발바닥과 손가락에 발랐다. 바르면 피부가 화끈해지면서 열이 나는 연고였다. 추위와 함께한 북부인의 오랜 지혜였다.

"잠깐, 불을 피우지 마. 저기 보여? 연기다. 누군가가 저쪽에서 불을 피우고 있어."

북부인 하나가 그리 말하며 하늘을 가리켰다. 탐험대는 합해서 여덟 명이었다. 그들은 피어오르는 연기를 바라보며 웃었다.

"랭스터에게 가져갈 선물이로군."

북부인들이 짐을 내려놓으며 무기를 챙겼다. 그들은 북부인임에도 제국의 전폭적인 지원을 받아 강철무기와 쇠뇌로 무장했다. 강철무기를 들고 털가죽 갑옷을 입은 북부인들이 연기가 나는 방향으로 걸어갔다.

"곧 날이 어두워진다. 추워도 참아."

어둠이 드리운다. 북부인조차 불을 피우지 않고는 견디기 힘든 추위였다. 그들은 이를 달달 떨며 필사적으로 추위를 견뎌냈다.

"찾았어. 서부의 원주민들이다."

북부인들이 자세를 숙이며 속삭였다. 그들은 눈을 가늘게 뜨며 모닥불을 바라봤다. 모닥불 옆에는 원주민 두 명이 누워 있었다.

"생포하면 돈을 더 많이 줄 거야."

북부인들이 쇠뇌를 꺼내다 말았다. 그들이 원주민들을 포위하며 서로 수신호를 보냈다. 일제히 덮쳐서 생포할 생각이었다.

스스스.

산맥의 밤은 사납다. 바람이 악귀의 비명만큼이나 거셌다. 북부인들은 바람을 맞으며 조심스레 접근했다. 안면이 얼어붙듯 괴로웠으나 그들은 신음 하나 내지 않았다.

북부인의 기습작전은 완벽했다. 맞바람을 맞으면서 전진했기에 소리도 냄새도 나지 않았다. 예민한 야생동물조차 알아차리지 못할 포위였다.

하지만 유릭은 야생동물이 아니었다. 그는 죽음과 친숙한 전사였다. 죽음은 언제나 유릭에게 경고를 했다. 털이 곤두서고 가라앉았던 의식이 떠올랐다. 유릭은 이미 잠에서 깨어났다.

'포위당했다. 일어나는 게 늦었어.'

유릭은 눈을 옅게 떴다. 전사는 모닥불을 등지고 자는 게 당연했기에 눈은 암적응이 끝난 상태였다. 어둠 사이로 흐릿한 무언가가 보였다.

'지즐은 깨어 있을까?'

깊게 잠든 지즐을 지킬 방법이 없었다. 지즐이 깨어 있길 믿는 수밖에 없었다.

움찔.

유릭이 뒤척이는 척하면서 손을 무기 가까이에 가져갔다. 그는 도끼자루를 잡자마자 벌떡 일어나며 던졌다.

콰직!

손맛이 있었다. 어둠 사이로 비명이 들렸다.

"지즐!"

유릭이 도끼를 던진 방향으로 뛰며 외쳤다. 지즐이 깨어 있길 바랐다.

"알고 있다! 멍청아! 오른쪽에 세 명! 다른 놈들 위치를 확인해!"

지즐도 벌떡 일어나며 창을 잡았다. 전투의 흥분이 두 다리의 통증조차 지웠다.

유릭은 달려가자마자 칼을 휘둘러서 도끼 맞은 놈의 숨통을 끊었다. 죽은 적의 어깨에 박힌 도끼를 회수하던 유릭이 눈을 크게 떴다. 그는 쓰러진 적을 응시했다. 수염을 기른 모양새나 덩치가 문명인으로 보이지 않았다.

'북부인.'

유릭의 얼굴이 일그러졌다. 북부인은 골치 아픈 놈들이다. 이런 난전 상황이라면 제국군보다 더 무시무시한 놈들이 북부전사다.

북부인들은 원주민의 저항을 보며 소리를 질렀다. 용맹한 함성이 쩌렁쩌렁하게 울렸다. 소리를 질러 기세부터 제압하는 싸움방식이었다.

카-앙!

칼과 칼이 부딪쳤다. 짧게 불똥이 튀면서 주변이 밝아졌다.

스르릉!

칼날이 서로를 비껴가며 늑대의 이빨처럼 적의 목줄을 노린다.

'일격에 목을 치기가 힘들어. 노련한 전사들이다.'

유릭은 뒷걸음치며 앞발차기를 해 덤벼오던 북부전사를 밀어냈다.

"지즐! 이리 와!"

유릭이 지즐을 목덜미를 잡고 달렸다. 지즐이 거의 허공에

뜨며 끌려오다시피 했다. 무지막지한 유릭의 완력이었다.

'둘러싸이면 안 돼. 사방에서 덮쳐 오는 공격을 모두 쳐 내진 못한다.'

유릭은 여럿과 싸우는 방법을 안다. 그는 불리한 상황에서 자주 싸웠다. 끊임없이 움직이며 적과 일대일 대치를 유도한다.

'지즐은 지금 제대로 움직이지 못해. 지즐을 지키면서 저들과 싸우는 건 힘들다.'

유릭은 지즐이 절뚝거리는 걸 바라봤다. 흥분으로 통증이 가셨을 텐데도, 발이 죽은 거나 마찬가지라서 움직임이 굼떴다.

"나를 두고 가라. 내가 시간을 벌겠다."

지즐이 창을 땅에 꽂으며 말했다. 그는 땅에 꽂힌 창을 붙잡으며 유릭에게 끌려가지 않고 적을 바라봤다.

"뭐? 헛소리 집어치우고 오기나 해!"

유릭이 눈을 동그랗게 뜨며 뒤를 돌아봤다. 한시가 급했다. 북부전사들이 나무 사이로 펄쩍펄쩍 뛰어왔다.

"나는 뛰지 못하는 부족장이지. 내 남은 생명을 너를 위해 쓰겠다."

지즐이 창을 잡고 어깨와 팔을 뒤로 뺐다. 그는 숨을 내뱉으며 창을 던졌다.

콰직!

지즐의 창이 북부전사의 머리통에 박혔다. 북부전사는 머리통부터 뒤로 넘어가며 벌러덩 넘어졌다. 그 기세에 달려오던 북부전사들이 움찔하며 방패를 꺼내 들었다.

"개 같은 소리 집어…… 젠장! 숙여! 지즐!"

유릭이 지즐의 머리를 잡고 땅바닥에 처박았다. 지즐도 영문도 모른 채로 코뼈가 부러지는 수모를 당했다.

쉬익!

쇠뇌 화살이 유릭과 지즐이 있던 자리를 지나갔다. 북부전사들이 온전하게 생포하길 포기했다. 그들은 원주민을 죽인다는 생각으로 쇠뇌를 과감히 쐈다.

"이게 무슨 짓… 저게 화살이었어?"

지즐이 나무에 꽂힌 쇠뇌 화살을 보며 눈을 크게 떴다.

"저 십자 모양 무기가 활이나 마찬가지다."

유릭이 북부전사들이 쇠뇌를 장전하는 걸 바라봤다.

"어쨌든 내가 막을 테니 마을로 내려가라! 유릭! 내 발로는 놈들을 떨쳐내지 못해!"

화살이 다시 한번 지즐과 유릭의 머리를 스쳐 갔다. 북부인은 쇠뇌를 번갈아 쏘며 유릭과 지즐의 발을 묶었다. 그 틈을 타 북부전사 두 명이 우회해서 지즐과 유릭 옆으로 오고 있었다.

'이건 제국의 전술…….'

유릭이 이맛살을 찌푸렸다. 제국에게 고용된 북부전사들은 제국군의 전술마저 능숙하게 쓰고 있었다.

"난 형제를 버리고 가지 않아."

유릭이 지즐의 팔을 잡으며 눈을 빛냈다.

"부족장 자리를 뺏으러 온 놈이 잘도 지껄이는군! 그럼 싸워 보자고! 빌어먹을!"

지즐이 이를 드러내며 코웃음 쳤다. 유릭은 지즐에게 강철 도끼 하나를 나눠줬다.

눈동자를 굴리던 유릭이 지즐을 향해 빠르게 말했다.

"내가 신호를 보내면 넌 왼쪽으로 뛰어라. 발이 아파도 뛰어서 왼쪽으로 돌아 놈들을 덮쳐. 난 오른쪽으로 우회해서 오는 놈들을 죽이고, 오른쪽으로 올라가겠다."

지즐은 부족장이었지만, 일개 전사인 유릭의 말을 들었다. 유릭의 말을 듣지 않으면 이길 방법이 없었다.

유릭이 잠시 눈을 감았다. 배웠던 걸 떠올렸다. 그는 제국어는 물론이고 북부어도 할 줄 알았다.

"뒤다! 뒤에서 매복이 나타났다!"

유릭이 북부어로 외쳤다. 어둠 속인지라 목소리가 헷갈릴 만도 했다. 시선을 분산시키는 찰나면 충분했다. 유릭과 지즐은 서로 정해진 방향으로 뛰어나갔다.

지즐은 이를 악물었다. 발을 내디딜 때마다 통증이 척추를 타고 머리까지 올라왔다.

"끄으오오오오!"

지즐이 비명 같은 괴성을 지르며 달렸다. 그가 왼쪽으로 돌아 쇠뇌를 쏘던 4명의 북부전사들을 습격했다. 북부전사들의 시선이 지즐에게 쏠렸다.

유릭은 우회한 북부전사 두 명과 마주치자마자 칼을 휘둘러 그들을 죽였다. 갑작스러운 북부어에 시선이 끌린 덕분에 쉽게 처리했다. 그는 지즐에게 이목이 쏠린 틈을 타서 소리 없이 쇠뇌 무리의 오른쪽으로 접근했다.

"울가로 곁으로 보내주지! 망할 자식들아!"

접근한 유릭이 북부전사의 목을 찌르며 외쳤다. 다른 한 손으로 도끼를 휘둘러 옆에 있던 전사의 안면을 갈랐다.

"울-가로여!"

남은 북부전사들도 울가로의 이름을 부르짖으며 죽었다.

유릭과 지즐이 숨을 헐떡이며 주저앉았다. 숨이 턱까지 차올라 구역질이 나올 것만 같았다. 그들은 쉬지 않고 움직이며 싸웠다.

"하악, 하악."

달아오른 몸 위로 김이 모락모락 피어올랐다. 유릭은 죽은 북부전사들을 바라봤다.

'북부인을 첨병으로 쓰고 있군. 누군지 몰라도 똑똑해.'

하늘산맥이 갈라놓았던 두 세계가 하나로 겹치고 있었다.

'멀지 않았어. 아직 군대를 보내긴 힘들어도, 정찰 정도는 얼마든지 할 수 있을 거다.'

유릭은 초조했다. 아직 서부는 하나로 뭉치지 못했다. 부족끼리 적대하며 서로 견제하기 바빴다. 이런 시기에 제국군이 넘어온다면 서부가 어찌 될지는 뻔했다.

"지즐, 살아 있나?"

유릭은 칼을 지팡이 삼아 일어섰다. 그가 입김을 길게 내뱉으며 밤하늘을 올려다봤다. 은하수가 반짝였다.

"이자들이 산맥 너머의 적인가?"

"아직 맛보기지. 내 도끼를 돌려주고, 전리품이나 챙겨. 좋은 무기들이다. 강철제로군."

유릭이 북부전사들의 무기를 들어서 휘둘러 봤다. 제국공방에서 나온 물건이었다.

"저 너머에는 사람들이 살고 있었군, 정말로."

지즐이 강철검을 들어 올렸다. 별빛과 달빛만으로도 칼날의 아름다움이 느껴졌다.

'유릭이 아니었다면 당했겠지.'

지즐은 머리를 쓸어 넘겼다. 그는 낮게 자조했다. 유릭만이 저들과 맞설 수 있었다.

'도대체 내 인생은 무엇이었던가…….'

유릭에게 부족장을 넘겨주기 위해 살아온 것 같았다. 그의 인생에서조차 주인공은 유릭이었다.

'부족장 지즐.'

인생의 유일한 버팀목이자 자부심. 지즐이 일어섰다. 심하게 움직인 탓에 털신에서 핏물이 배어 나왔다. 발의 상태는 보기가 싫었다.

유릭은 지즐을 부축한 채로 산맥을 내려왔다. 거동이 힘든 지즐에게는 고통스러운 여정이었다.

'독기가 몸에 잔뜩 퍼졌어.'

지즐의 안색은 안 좋았다. 체온은 오르락내리락했고, 음식은 먹는 족족 토했다. 시커멓게 썩은 발가락이 툭툭 떨어졌다. 상처를 입고 죽어가는 전사의 증상이었다. 시간이 지나도 부상이 낫지 않고 독기가 스며들어 육체를 망가뜨린다.

"이게 내 운명이라고? 정말로 너무하는군."

산맥에서 내려온 지즐이 하늘을 보며 웃었다. 전사가 상처를 입은 뒤에 죽고 사는 건 하늘의 뜻이다. 누군가는 내장이 드러나는 상처를 입고도 살아남지만, 어떤 이는 가벼운 생채기만으로도 죽고 만다.

지즐은 동상을 제때 치료하지 못했다. 썩은 피가 온몸을 돌며 지즐을 괴롭혔다.

"당장 주술사들을 불러!"

유릭이 마을에 들어서자마자 외쳤다. 지즐은 들것에 실려갔다. 마을의 주술사들은 향을 피우며 천지신령에게 부족장의 목숨을 구걸했다.

"우우우, 음음음."

주술사들이 종려나무 가지를 흔들며 노래를 불렀다. 지즐이 누워 있는 천막에는 약초 연기가 자욱했다.

지즐은 피가 섞인 기침을 했다. 상태가 좋아지기는커녕 주술사의 음험한 목소리를 계속 들으니 어질어질해 미칠 것만 같았다.

"산맥을 올라 저주를 받은 거요, 부족장."

제사장이 경고하듯 말했다. 지즐이 상체만 일으키며 제사장의 멱살을 잡았다.

"저 너머에 적이 있소! 언제까지 그딴 소리만 할 거요!"

"악령은 인간의 모습을 하고 있소. 산맥을 넘고자 하는 이를 막아서지."

"그렇다면 어째서 유릭은 멀쩡하게 돌아온 거지? 금기를 어겨 저주를 받아 죽어야 하지 않나?"

지즐이 이를 드러내며 제사장을 바라봤다.

"유릭도 머지않아 그 대가를 치를 거요."

"산맥이 무서워 가 보지도 못한 놈이 잘도 지껄이는군!"

제사장은 지즐의 호통에 인상만 찌푸리며 물러났다.

지즐이 숨을 고르며 다시 누웠다. 그는 전사를 시켜 유릭을 불렀다.

“날 불렀다고 들었다.”

똑같이 산맥을 올랐는데도 유릭은 태연하게 서 있었다. 지즐은 질시를 억누르고 유릭에게 앉으라 손짓했다.

“내 생명은 얼마 남지 않았다.”

“형제들을 불러 작별인사나 잘해둬.”

“그보다 중요한 게 있어. 우리 부족은 변화의 한가운데 있다. 나는 그 흐름을 따라가지 못했지.”

“따라가지 못하는 게 당연해. 널 탓할 생각은 없다.”

시대와 상식에 갇힌 자는 결코 우둔하지 않다. 그건 경험의 한계일 뿐이다.

“사람 좋은 척하지 마라, 유릭. 날 원망한 적이 한 번도 없나?”

유릭은 멋쩍게 입꼬리를 비틀었다. 지즐도 거친 숨을 토하며 껄껄 웃었다.

“죽기 전에 내게 유언이라도 남길 셈이냐?”

“다음 부족장은 너다. 한 치 앞도 보기 힘든 시기에 부족을 이끌어갈 만한 사람은 너밖에 없어. 빌어먹을 정도로 짜증 나는 일이지만… 난 죽기 전에 널 지지한다고 말할 거고, 나와 함께한 전사들도 너를 지지할 거다. 다만, 제사장과 주술사들을 조심해라.”

유릭이 고개를 끄덕였다. 그는 지즐의 말을 단단히 새겨들었다.

"고맙다, 지즐."

"널 위해서가 아니야. 우리 부족을 위해서다."

"이유는 상관없어. 넌 훌륭한 부족장이다. 자기 자리에서 책임과 의무를 다했지."

사람을 각기 다른 자리에 서 있다. 지즐도 유릭도 부족의 번영과 안녕을 바랐지만, 서 있는 곳이 다르기에 보는 방향도 달랐다.

"그래, 유릭. 너 역시 책임과 의무를 다해라. 이제 넌 부족을 버려선 안 돼. 네 호기심과 자존심보다 중요한 건 부족의 운명이다."

유릭의 속눈썹이 떨렸다. 그는 이제 자유로운 전사가 아니었다. 그의 등과 어깨에 올라탄 부족민들이 있었다.

"무거운 짐을 상기시켜 주는군, 지즐 부족장."

유릭이 지즐을 손을 잡았다가 놓았다. 그는 일어서서 천막을 나갔다. 지즐에게는 시간이 많이 없었고, 다른 형제들과도 작별인사를 해야 했다.

"지즐을 데려와 줘서 고맙다, 유릭."

키룽카가 유릭의 옆을 스쳐 가며 말했다. 그는 고개를 숙이며 천막 안으로 들어갔다.

지즐은 자신을 따르는 형제들에게 유릭을 지지하라 말했다. 유릭이 부족장 자리를 잇고, 부족을 이끄는 데 무리가 없도록 자신의 지지기반을 전부 넘겼다.

“큭큭.”

혼자 남은 지즐이 웃었다. 속이 부글부글 끓고, 억울함에 애간장이 타는 듯했다.

‘누가 날 알아줄까…….’

지즐의 이름은 세상을 공허하게 떠돌다 사라질 것이다. 그는 위대한 전사 유릭의 광채에 사라질 반딧불이였다. 그걸 알면서도 유릭을 도와줄 수밖에 없는 자신의 처지가 처량했다.

열이 머릿속을 익히는 듯했다. 숨이 막혀온다. 입 밖으로 나오는 소리는 형체가 없었다. 지즐은 팔을 뻗어 허우적거렸다.

“꺼어어억.”

허우적거리던 지즐의 팔이 힘없이 떨어졌다.

지즐의 임종을 기다리던 전사가 졸다가 눈을 떴다. 그는 황급히 지즐의 목덜미에 손가락을 댔다. 지즐의 맥을 확인한 전사가 인상을 쓰며 천막 바깥으로 뛰쳐나갔다.

마을의 종이 울리고, 텅 빈 육신 하나가 식어갔다.

Chapter 9

바위도끼는 오랜 부족 중 하나다. 옛 부족이라고 불려도 될 정도로 명맥을 유지해 온 명문부족이다. 바위도끼 부족은 전사적 기풍을 유지하며 좋은 땅을 오랫동안 차지했다.

유릭은 짐승가죽이 치렁치렁 걸린 의자에 앉았다. 수많은 족장이 거쳐 갔던 자리다. 팔걸이에는 때가 반질반질하게 묻어 있었다.

'부족장 유릭.'

그 말이 낯설었다. 유릭은 부족장이 되었다. 삼 년의 공백이 무색하게 전사들에게 압도적인 지지를 얻었다. 원로와 주술사들 중에서는 유릭을 싫어하는 이가 있었으나, 그들조차 유릭 말고는 적임자가 없다는 걸 인정했다.

바위도끼의 새 부족장 소식은 금방 퍼져 나갔다. 특히나 푸른안개와 붉은모래 부족이 기다리던 소식이었다.

"곧 건기가 올 거다. 식량비축에 힘써야 돼."

"혹독한 건기가 될 거요. 제사를 지내야 하오."

유릭은 부족의 조언자들의 말을 들었다. 아직 그는 부족장으로 미숙했다. 전사 집단이 아닌 공동체를 이끄는 건 처음이었다.

당분간 바위도끼 부족은 식량비축에 힘을 썼다. 전사들은 멀리까지 사냥을 나갔고, 여인들은 산맥 밑자락까지 가서 과일과 풀뿌리를 채집했다. 아이와 노인들은 보존식을 만들며 시간을 보냈다.

"분위기는 좋아. 새 부족장에 대한 기대가 가득하니까. 네가 뭔가를 보여줄 거라 다들 기대하고 있어."

바깥을 둘러보고 온 볼드가 유릭에게 말했다.

"마음 같아서는 전사들을 움직여 산맥에 오두막을 짓고 경계를 서게 하고 싶지만……."

유릭이 따분하게 하품을 했다. 부족의 내정은 중요한 일이지만 시시했다. 유릭은 부족장이지만 독단적으로 전사들을 쓰기 힘들었다. 전사를 움직이려면 그에 걸맞은 명분과 상황이 뒤받쳐 줘야 한다.

부족전사들은 할 일이 많았다. 그들은 건기가 오기 전에 사냥을 해야 했다. 다른 일로 전사가 빠지면 그만큼 사냥꾼의 숫자도 줄어든다.

유릭은 산맥이 신경 쓰였지만 따로 전사를 빼지 못했다. 끽해야 전사 몇 명을 보내 사냥을 겸한 감시가 전부였다.

'약해진 바위도끼 부족만으로 이쪽 산맥을 감시하는 건 힘들어. 사람이 더 필요해.'

유릭은 푸른안개와 붉은모래에 사람을 보냈지만, 부족끼리의 의사소통은 힘들었다. 사람을 보내도 왕복으로 보름은 족히 걸린다. 더군다나 글자가 없어서 말의 왜곡이 생기고, 상세한 생각을 전달하기도 힘들었다.

'이동을 위한 탈것도 없지.'

여러 부족을 다스리고 주변 부족과 연합하려면 장거리 의사소통 수단, 즉 문자와 탈것이 필요했다.

유릭은 다른 부족으로 보낸 사람이 돌아올 때까지 기다리는 수밖에 없었다. 그는 땅바닥에 글자를 쓰며 골몰히 생각했다.

'나는 학자가 아니지.'

유릭이 발바닥으로 글자를 지웠다. 하나부터 열까지 해야 할 일이 산더미처럼 쌓여 있었다.

달이 한 번 바뀌고 나서야 다른 부족과 연락이 닿았고, 부족장끼리의 회담은 붉은모래에서 이뤄졌다.

유릭은 전사 이십여 명을 이끌고 붉은모래 마을까지 걸어갔다. 그는 붉은 언덕을 지나 부족장 벨루아와 마주했다.

"사정은 대충 들었어. 부족의 미래를 다시 쟁취했군. 여러모로 축하한다, 부족장 유릭."

벨루아가 치렁치렁한 머리를 뒤로 묶었다. 그녀는 대장간 일로 젖은 땀을 닦으며 자리에 앉았다. 그녀가 손을 들자 여자들이 음식과 술을 가져왔다. 손님 대접은 어느 부족이든 후한 법이다.

"이건 선물이다."

유릭은 쇠뇌와 강철무기를 세 자루 꺼내 들었다.

"네가 쓰는 무기와 똑같은 재질의 철이로군."

"한 달 전에 산맥 너머의 적과 조우했다. 그때 얻은 전리품이지. 아마도 산맥 개척이 꽤나 진척된 모양이야. 언제 놈들이 넘어와도 이상할 게 없어."

벨루아는 적보다는 당장 눈앞에 있는 무기에 관심이 많았다. 그녀는 제국공방의 정교한 솜씨에 감탄했다. 칼날을 눈높이까지 들어서 비스듬하게 기울였다. 좋은 무기를 보는 건 잠자리보다 더 짜릿했다. 그녀가 혓바닥을 날름거리며 무기를 내려놓고는 쇠뇌를 들었다.

"이건?"

"화살을 쏘는 무기다. '쇠뇌'라고 부르지."

"활을 옆으로 눕힌 모양새로군."

벨루아가 쇠뇌를 매만졌다. 유릭은 쇠뇌를 들어서 시범을 보였다.

끼릭.

제국군은 대부분 쇠뇌를 사용했다. 활을 쓰는 궁수부대도 따로 있었으나, 제식무기로 쓰기에는 활보다 쇠뇌가 여러모로 편리했다. 훈련 기간도 활에 비해 월등히 짧았고, 제국의 기술로 만든 쇠뇌는 정밀하며 위력도 우수했다.

"이렇게 화살을 장전하고 이 부분을 당기면……."

유릭이 저 앞에 있는 나무를 겨누었다.

피슛!

날아간 화살이 나무에 박혔다. 전사들이 눈을 크게 떴다. 뒤로 자빠진 사람도 있었다.

"위력은 상당히 강해. 어설픈 사냥꾼의 화살보다 더 매서워."

유릭이 나무에 박힌 화살을 가리켰다.

쇠뇌를 써보려는 전사들이 슬금슬금 다가왔다. 그들은 산맥 너머에서 온 신무기에 많은 관심을 가졌다.

"귀한 선물이로군."

벨루아가 흡족하게 웃었다.

회담의 참석자는 세 명의 부족장이었으나, 아직 사미칸이 붉은모래 마을까지 오지 않았다. 유릭은 붉은모래에 머물며 사흘간 시간을 보냈다.

철산지인 붉은모래 마을은 교역의 중심지다. 철은 부족사회에서 화폐나 다름없는 자원이었다. 어디서든 철이 있으면 물물교환이 쉬웠다.

'서쪽에서 온 부족들.'

유릭은 교역을 위해 들른 사람들을 바라봤다.

바위도끼와 푸른안개는 서부에서도 동쪽에 속했다. 유릭의 기준으로는 서쪽이라고 해봐야 붉은모래 부족 정도였다.

벨루아가 유릭의 곁으로 왔다. 그녀는 유릭의 호기심을 읽었다는 듯이 말했다.

"여기서 더 서쪽으로 가면 말도 잘 통하지 않는 놈들이 수두룩해. 이중삼중 통역을 거치지."

"서쪽의 끝까지 가본 적이 있어?"

유릭은 서쪽의 지평선을 응시했다.

"아니, 소문만 무성하지. 그보다 이것 좀 봐봐."

벨루아가 나무로 만든 쇠뇌를 꺼냈다. 제국의 쇠뇌에 비하면 조잡한 물건이었다.

'그사이에 따라 만든 건가.'

유릭은 벨루아의 쇠뇌를 조작했다.

딸깍.

방아쇠를 당기자 화살이 튀어나왔다.

“노인네 오줌줄기처럼 나가는군. 실전에서 쓰긴 힘들겠는데?”

유릭이 흐느적거리며 날아가는 화살을 보며 웃었다.

“당연하지. 원리만 따라 해본 거야.”

벨루아가 유릭의 등짝을 쿵쿵 쳤다. 망치처럼 묵직한 손바닥이었다.

“우린 사냥꾼이야. 놈들처럼 쇠뇌에 의존할 필요는 없어.”

숙련된 궁수라면 활을 선호했고, 하물며 사냥꾼이 즐비한 부족사회에서 쇠뇌 개발에 공을 들일 이유도 없다.

“그냥 따라 해본 거라니까, 멍청아.”

벨루아가 쇠뇌를 빼앗아 들며 말했다. 실용성과 무관하게 대장장이들은 쇠뇌의 구조를 연구했다. 그들은 문명인의 기술에 관심이 많았다.

‘붉은모래가 내 제안을 받아들인 것도 순수한 호기심이었지.’

붉은모래 부족민들은 바위도끼와의 동맹에 대해 호의적이었다. 유릭이 가져온 신문물은 붉은모래 부족에게 매력적이었다.

“사미칸과 형제를 맺는다는 발상은 좋지 않았어. 차라리 내게 연락했어야 했다, 유릭.”

“사미칸은 싫어하나?”

“놈은 야심이 많은 사내야. 어떤 식으로든 확장을 하고, 우리 위에 서려고 할 거다.”

"맞아. 사미칸은 그런 사내지. 그래서 형제의 서약을 맺은 거다. 그런 야심 찬 사내도 있어야 돼. 앞으로 우린 계속 서쪽으로 갈 테니까."

지금 세 부족이 합친다 하더라도 전사의 숫자는 기껏해야 오천 정도다. 적은 숫자는 아니었지만 제국군의 역량에 비하면 턱없이 부족했다. 특정지역에 주둔시킬 수 있는 전사의 숫자는 그보다도 훨씬 적었다.

'더 많은 전사가 필요해.'

부족사회에서 전사를 늘릴 방법은 시간뿐이었다. 문명사회처럼 억지로 징병한다 해서 병사가 늘지 않는다.

'다른 부족을 집어삼켜 전사를 흡수하는 수밖에 없어.'

유릭은 서쪽에 얼마만큼의 부족들이 더 있는지 모른다. 그걸 정확히 아는 사람은 아무도 없을 것이다.

붉은모래 전사 한 명이 벨루아에게 접근해 뭐라 속삭였다. 벨루아가 고개를 끄덕이더니 유릭의 어깨를 툭 쳤다.

"사미칸이 왔다."

사미칸이 전사들을 이끌고 붉은모래 마을로 들어섰다. 사미칸은 얼굴만 대충 씻고서 회담 자리에 앉았다.

"유릭! 내 형제!"

사미칸이 유릭을 보곤 과장스레 팔을 벌렸다. 유릭과 사미칸이 서로 껴안으며 어깨를 부딪쳤다.

"바위도끼 부족장이 된 걸 축하한다. 이제 푸른안개와 바위도끼는 온전한 동맹이로군."

사미칸이 유릭의 등을 두드리곤 맞댄 어깨를 뗐다.

"세 부족이 처음으로 모두 동맹을 맺은 거지."

유릭이 슬그머니 운을 뗐다.

사미칸과 벨루아가 서로를 쳐다봤다. 두 사람은 의미심장하게 웃을 뿐이었다. 속내를 드러내지 않았다.

세 부족장은 자리에 앉았다. 그들은 그간 있었던 일을 교환하듯 말했고, 유릭은 지즐과 산맥에서 겪었던 일을 상세히 설명했다.

"…생각보다 빨리 놈들이 넘어올 것 같다. 어쩌면 지금쯤 산맥을 넘은 정찰부대가 우리 땅을 휘젓고 있을지도 모르지."

유릭은 부족사회에서 만들지 못하는 강철무기를 여럿 들고 왔다. 그게 그 증거였다.

"그래서?"

"각 부족에서 전사를 각각 백오십 명씩 차출해 산맥을 감시했으면 좋겠어."

"백오십 명이라니, 곧 건기가 올 거다. 전사를 그만큼 빼주긴 힘들어."

벨루아가 불만을 표했다. 사미칸도 다소 곤란한 표정이었다.

"병사를 그렇게 차출한다 해도, 산맥은 넓어. 그 정도 숫자로 산맥 전체를 감시할 순 없어."

사미칸이 고개를 절레절레 저었다. 유릭은 기다렸다는 듯이 염소가죽 위에 숯으로 그림을 그렸다.

"산맥이 이렇게 길게 있고, 좀 떨어진 위쪽에 푸른안개 부족이 있지. 바위도끼 부족은 한참 밑이고. 우리 바위도끼 부족과 멀지 않은 곳에 협곡이 하나 있어. 적들은 그곳에 다리를 짓고 군대를 보낼 생각이다. 정찰대도 이쪽으로 전부 올 거야. 전사들을 충분히 보낸다면 촘촘하게 감시망을 짤 수 있어."

유릭이 숯으로 산맥의 한 지점을 가리켰다.

"유릭, 아까도 말했지만, 전사 백오십 명은 과해. 그만큼 사냥꾼이 빈다고. 건기가 오면 사람들이 굶어 죽을 거다."

사미칸이 말했다. 벨루아도 그 말에 동의하며 고개를 끄덕였다.

"사미칸, 벨루아. 우린 건기를 준비하지 않을 거야."

유릭이 가죽지도 위에 붉은모래 마을을 그렸다. 그는 화살표를 그어 서쪽을 가리켰다.

"진심이냐? 유릭."

사미칸이 입꼬리를 비틀며 유릭의 지도를 응시했다.

"건기를 준비하면서 낭비할 시간은 없어. 서쪽으로 원정을 떠난다. 전사들의 숫자만큼 입이 줄면 지금까지 모은 식량만으로도 어찌어찌 건기를 버틸 수 있겠지. 전사들은 현지에서 보급하며 계속 서쪽으로 이동할 거다. 우리라면 할 수 있어."

유릭의 말을 들은 사미칸이 크게 웃었다.

"미쳤군! 건기에 원정을 떠나겠다니! 아주 대단해! 그렇지 않소? 벨루아 부족장."

사미칸과 달리 벨루아가 턱을 매만지며 불안한 눈으로 유릭을 바라봤다.

"어디까지 정복할 생각이지? 서쪽으로는 세 부족 정도만 건너면 나조차도 이름을 모르는 부족들이 수두룩해. 미지의 영역이지."

"그래, 모르기에 가치가 있는 거다. 우리가 없는 걸 가지고 있는 부족이 있을지도 몰라. 하지만 하나는 확실해. 오천 명에 달하는 연맹의 전사들을 막을 부족은 없을 거다."

유릭의 제안이 망설이는 건 벨루아뿐이었다. 사미칸은 정복욕이 강한 사내였으며, 푸른안개 부족은 건기를 넘기기 수월한 호수라는 지리적 이점이 있었다. 그는 유릭의 대담한 제안에 무릎을 쳤다.

"붉은모래 부족은 너희와 달라. 대장간과 교역 때문에 건기에도 부족에 전사를 남겨둬야 한다. 우린 전사를 절반만 원정으로 보내겠다. 하지만 약탈품은 똑같이 나눠 받겠어. 서쪽 길잡이와 통역도 우리가 할 테니까."

벨루아가 입술을 씰룩였다. 유릭이 고개를 끄덕이며 사미칸을 바라봤다.

"벨루아, 영리한 제안을 하는군. 뭐, 상관없소. 내 조건도 들어준다면 말이야! 우리 연맹의 장은 내가 하겠소. 전사의 숫자도 가장 많고, 세력도 가장 넓은 내가 연맹의 장이 되는 건 당연하지. 유릭은 이미 동의했소."

사미칸이 야심을 드러내며 웃었다. 벨루아는 실리를 추구했고, 사미칸은 명예와 명분을 챙겼다.

유릭과 사미칸을 번갈아 쳐다보던 벨루아가 고개를 끄덕였다. 세부적인 사안이 몇 가지 더 오갔다.

회담이 끝나자 음식과 술이 끝없이 나왔다. 홍취가 오르며 적수였던 전사들도 씨름이나 주먹싸움을 벌이며 신나게 떠들고 놀았다.

유릭도 한시름 덜었기에 마음 놓고 술을 마시며 고기를 뜯었다.

전사들은 황무지와 초원을 걸어간다. 그들은 짐을 잔뜩 짊어지고 묵직한 걸음으로 앞으로 나아갔다. 뙤약볕 속에서도 전사들은 군소리하지 않고 강인하게 입술을 다물었다.

전사의 행렬은 유례가 없던 규모였다.

'조금 과장해서 오천 명의 전사다.'

유릭이 뒤를 힐끗 돌아봤다. 행렬의 끝이 보이지 않았다.

푸른안개 부족은 여러 소부족까지 거느려 약 이천여 명의 전사를 동원했다. 바위도끼 부족은 팔백여 명, 붉은모래 부족은 천여 명. 오천 명까진 되진 않아도 약 사천이 넘는 전사가 움직였다.

부족연맹의 핵심부족은 푸른안개, 붉은모래, 바위도끼다. 나머지 부족은 그 세 부족 밑에 종속된 소부족들이었다.

"서쪽 원정이라니 끝내주는군. 도대체 누구 머리에서 나온 거야?"

"유릭이잖아. 그 철갑옷 유릭."

"산맥을 넘었다는 그 사람?"

"그건 거짓말이 아닐까? 산맥을 넘었을 리가 없잖아."

사정을 모르는 전사들 사이에서 소문이 퍼져 나갔다. 전사들의 가슴은 쿵쿵 뛰고 있었다. 지금까지 없었던 대규모 원정이었다. 정복과 약탈이 그들을 기다리고 있었다.

'우리가 이렇게 무리를 이뤄 힘을 합칠 줄이야.'

전사들도 긴가민가했다. 말이 좋아서 이웃 부족이지, 건기가 오면 서로가 서로를 약탈하며 생존을 다투던 원수들이었다. 대형 부족들이 만장일치로 동의했기에 시작된 원정이었다.

'이 연맹이 잘만 유지된다면…… 앞으로도 우리끼리 싸우지

않는 건가?'

이번에는 이웃 부족을 약탈하지 않았다. 약탈의 대상은 서쪽의 외부 부족들이었다. 서쪽으로 갈수록 언어와 풍습이 미묘하게 달라진다.

"바위도끼와 푸른안개가 접촉하지 않도록 행렬 위치를 잘 조율해."

사미칸이 뒤를 보며 부하들에게 말했다. 바위도끼 전사들은 여전히 푸른안개를 증오했다. 부족장의 체면을 봐서 참고 있을 뿐이었다.

"아마 다음이 마지막 비겠군. 끝비가 내리고 나면 건기가 시작될 거야."

따라온 주술사가 방울이 달린 지팡이를 흔들며 말했다. 그는 하늘을 보며 천기를 읽었다. 주술사는 오랫동안 전해진 구전지식으로 많은 일을 예지했다.

"빨리빨리 가자고. 우리가 움직였다는 소식을 듣고 나무 울타리라도 세우면 곤란하니까."

벨루아가 전사들을 독려했다. 그녀는 사미칸과 유릭에게 손짓해 모이라는 신호를 보냈다.

"내 말 잘 들어, 고추 달린 놈들. 이미 가까운 부족들은 연맹의 소식을 듣고 합류하겠다고 자처했어. 전사들이 못해도 이백여 명은 더 합류할 거야. 자신들이 지원할 수 있는 만큼

물자도 제공하겠다고 했어. 약탈을 당하는 것보다야 자진납세가 낫다고 생각했겠지."

벨루아가 가죽지도를 꺼내 부족들의 영역을 표시했다. 일찌감치 붉은모래 부족의 위세를 아는 소부족들은 항복했다. 오히려 그들은 약탈 원정에 합류해서 이득을 도모했다.

"우리가 모르는 부족이 많길 빌어야겠어?"

유릭이 지도를 보며 웃었다. 그는 두근거리는 가슴을 붙잡았다.

"약탈품이 부족하면 우리의 목이 위험할지도 모르지."

사미칸이 전사들을 힐끗 바라보며 유릭에게 말했다. 부족장이란 그런 자리다. 전사들은 부족장의 결정에 따르지만, 결과를 책임지는 건 부족장이다. 무리하게 건기에 원정을 나섰다가 전사들이 굶주려 죽어가면 부족장을 탓할 터다.

"서쪽 어딘가에 큰 부족들이 있을 거다. 아주 가끔 낯선 곳에서 온 사람들을 만난 적이 있어. 통역을 여러 번 거쳐서 우리와 교역을 하고 갔지."

벨루아는 서쪽에 다른 부족들이 많다고 확신했다. 그녀는 몽둥이처럼 두꺼운 칼을 들고 자신의 어깨를 툭툭 두드렸다.

"먹구름이다!"

"비가 온다!"

서쪽에서 먹구름이 몰려왔다. 시원한 장대비가 후두두 쏟아졌다. 전사들은 간이천막을 설치해서 비를 피했다. 유릭도 자신의 전사들과 함께 천막 안으로 들어갔다.

쏴아아아아!

먹구름 때문에 해질녘처럼 주변이 어두웠다. 굵어진 빗줄기가 천막을 타닥타닥 때렸다.

"물주머니를 채워둬. 주술사가 끝비라고 했으니까."

전사들이 자기네들끼리 뭐라 말했다. 빗줄기로 뛰쳐나가 몸을 씻는 전사도 있었다.

볼드가 유릭 옆에 앉으며 말했다.

"이번 우기는 길었어. 그러니 건기도 길겠지."

유릭은 비를 보다가 고개를 들었다.

"끔찍한 시기가 오는군. 빼앗거나 굶어 죽거나."

유릭이 쓰게 웃었다. 그는 약탈하지 않고 살아가는 방법을 안다. 문명세계에서는 땅에서 나오는 작물만으로도 많은 인구를 부양했다. 그들 문명의 기초는 농경이었다.

"우린 언제나 빼앗는 쪽이다, 유릭! 네가 우리를 이끌어야 돼."

볼드가 단단히 강조했다. 유릭이 부족장이 되고 나서 첫 약탈이었다. 그것도 유례가 없던 대규모 약탈이다. 여기서 잘해낸다면 유릭은 부족장의 권위를 확고하게 세울 것이고, 실패한다면 많은 부족민이 유릭에게 등을 돌릴 터다.

'약탈하지 않고도 살 수 있다.'

그렇게 말한다면 유릭은 나약한 부족장으로 낙인이 찍힐 것이다. 전사들은 약한 소리를 하는 부족장을 따르지 않는다. 부족장은 가장 현명하면서도 잔혹하며 폭력적이어야 했다. 유릭도 그런 가치관만이 최고이며 옳다고 생각했던 적이 있었다.

'이들에게 다른 삶의 방식을 보여주고 싶다.'

약탈에 들뜬 전사들이 보였다. 그들은 피를 마시고, 여자를 겁탈하며 재물과 식량을 뺏을 것이다.

정작 원정을 제안한 유릭은 앞으로 벌어질 약탈에 쓴웃음을 지을 뿐이었다.

'하지만 서부에서는 다른 방법이 없어. 약탈이 곧 생존이다.'

현실적인 타개책이었다. 건기가 오면 아무리 연맹을 맺었다고 해도, 식량이 부족해지는 순간 부족들은 서로를 공격하기 시작할 것이다. 유릭은 약탈의 방향을 외부로 돌리고, 원정을 통해 세력 확장도 도모했다.

'피를 흘린 만큼 대가를 취한다. 그게 전사의 방식.'

유릭이 고개를 절레절레 흔들었다. 그는 지금까지 부족에서 배운 걸 떠올렸다.

'나는 문명세계에 몸을 오래 담았어. 뭐가 옳은지 그른지 희미해진다.'

야만인의 방식과 문명인의 방식은 충돌하는 게 많았다. 유릭은 야만인의 길을 택했지만, 문명에 매혹된 사내였다.

유릭은 천막 아래에 피운 모닥불을 바라봤다. 빗물로 씻고 온 전사들이 모닥불 주변에서 몸을 말렸다.

"유릭!"

전사 하나가 헐레벌떡 달려왔다. 그가 유릭의 이름을 불렀다. 유릭이 고개를 들어 턱짓했다. 전사가 숨을 고르며 보고했다.

"싸움이 일어났어!"

"싸움이 끝나고도 화해하지 않으면 데려와. 내가 재판하지."

시시비비를 가리는 것도 부족장의 역할이다.

"우리 부족 내의 싸움이 아니야. 푸른안개와 시비가 붙었어!"

그 말을 듣자마자 유릭은 한숨을 쉬었다. 행렬에선 일부러 떼어놓았으나, 쉴 때마저 전사들을 통제하긴 힘들었다.

'언젠가 한 번 일어날 일이었지.'

유릭이 무릎을 잡으며 일어섰다. 그가 전사에게 안내하라 말했다.

철퍽, 철퍽.

유릭은 빗물로 질척해진 바닥을 걸었다. 기껏 말린 몸이 폭삭 젖어서 기분이 더러웠다.

"난 네 얼굴을 알아! 세잔의 배를 찌른 놈이잖아! 죽여 버리겠어!"

"뭐, 그때 내 손에 죽은 놈이 한둘이어야지. 이참에 네 뱃가죽도 뒤집어줄까?"

"개새끼가!"

"덤벼, 덤벼봐. 우리한테 쪽도 못 쓰고 당했잖아. 네놈들은 입만 산 버러지들이다."

수십 명이 넘는 전사가 대치하며 소리를 질러댔다. 그들은 무기를 들어 올리며 위협적으로 행동했다. 당장에라도 칼부림이 일어날 기세였다.

"유릭! 유릭이다!"

바위도끼 전사들이 유릭을 보며 환호성을 질렀다.

"유릭! 저놈들이 죽은 형제들을 모욕했어!"

유릭이 양측의 전사를 번갈아 봤다.

푸른안개 전사들이 유릭을 보자마자 움찔했다. 철갑옷 유릭은 푸른안개 전사들 사이에서도 유명했다. 유릭과 함께 몇 번이나 싸웠던 전사들도 있었다.

'바위도끼 부족장 유릭은 사미칸의 형제이기도 하지.'

푸른안개 전사들은 싫으나 좋으나 유릭과 사미칸을 동등하게 대해야 했다. 사미칸은 푸른안개 부족 내에서 절대적인 존재였다. 유릭을 무시했다간 사미칸이 노발대발할 게 뻔했다.

"유릭 부족장, 우린 그냥 일상적인 이야기를 했을 뿐이오. 시비를 건 쪽은 저들이오."

푸른안개 전사가 억울하다는 듯이 말했다. 유릭이 고개를 끄덕이며 바위도끼 부족을 쳐다봤다.

"저놈들이 우리 부족의 여자를 겁탈한 이야기를 했어! 그걸 듣고만 있으라고? 들으라는 듯이 크게 떠들더군!"

바위도끼 전사들도 억울한 건 마찬가지였다.

'다른 부족끼리 연합하니 이런 문제도 생기는군. 제기랄.'

다른 부족의 여자를 겁탈하는 건 전사들에게 일종의 무용담이었다. 약탈하면 당연히 따라오는 게 아녀자를 겁탈하는 것이다. 전사들끼리 만나 떠들면 절반은 그런 이야기였다.

"우리 전사들 앞에서 그런 이야기를 큰 소리로 떠들면 안 되지."

유릭이 푸른안개 전사에게 경고했다. 그들의 얼굴이 일그러졌다.

"우리 부족장도 아니면서 우리의 입도 통제하려고 하는 거요?"

"그럼 내가 사미칸을 만나서 직접 해결할까? 전사들 입단속 좀 시키라고? 이런 시시콜콜한 일에 부족장들이 나서야겠어? 응? 부족장들이 그렇게 할 일이 없는 놈팡이인 줄 아나?"

유릭이 땅바닥에 있는 돌멩이를 걷어차며 짜증을 냈다. 그러자 푸른안개 전사들도 조용히 입을 다물었다.

"오우우우! 유릭!"

"꺼져! 가서 물고기나 잡수라고!"

바위도끼 전사들이 호응하며 외쳤다.

유릭은 자신의 전사들을 노려봤다.

"너희들도 아가리 좀 다물어. 푸른안개 부족을 형제처럼 대하라곤 말도 안 해. 하지만 더 이상 적이 아니다. 부족장인 나를 존중한다면 내가 힘들게 맺은 동맹도 존중해라, 망할 자식들아. 한 번만 더 이런 일이 생기면 내 권위에 도전한다는 뜻으로 알고, 주모자와 결투를 하겠다."

유릭이 바위도끼 전사들에게도 단단히 일렀다. 바위도끼 전사들도 무기를 내려놓고 자기들 천막으로 돌아갔다.

쏴아아.

빗줄기가 더 거세졌다. 이대로 비를 맞기도 뭐한 터라 다들 뿔뿔이 흩어졌다.

싸움을 말린 유릭은 부족 내에 영향력 있는 전사들을 모아서 따로 이야기했다.

"푸른안개와 충돌하지 않게 전사들을 통제해. 부족장의 명령이다."

유릭이 명령이라는 말을 강조했다. 전사들이 고개를 끄덕였다.

'전사들은 날 지지하지만, 그것과 별개로 내 권위는 높지 않

야. 사미칸처럼 절대적인 권위가 없어.'

유릭은 막 부족장이 되었으며 나이도 젊었다. 아직 전사들은 유릭을 부족장보다는 무리의 대장처럼 대하는 경우가 많았다.

유릭은 부족과 형제들을 사랑했다. 그는 외부인에게는 잔혹하고 모질게 굴어도, 자신의 사람들에겐 그러지 못했다. 하지만 부족장 정도의 위치라면 때론 가혹하게 굴 필요가 있었다.

'지즐, 부족장이란 어려운 자리로군.'

유릭은 피식 웃으며 자리를 뜨는 전사들을 바라봤다.

"비가 그쳤다!"

"천막 걷어! 바로 출발한다! 해가 뜨면 죽을 맛일 거야."

비가 그치자마자 전사들이 몸을 일으켰다. 그들은 천막을 걷고 바로 움직였다. 그들의 허리에는 빗물을 채운 물주머니가 대롱대롱 흔들렸다.

원정대는 며칠 동안 여러 부족을 거쳐 갔다. 벨루아의 말대로 근처 부족들은 자진해서 항복하며 전사들을 보내 서쪽 약탈에 합류했다. 지금까지는 무력충돌 없이 순조로웠다.

서서히 부족들의 간격이 뜸해졌다. 연맹에 속한 부족들과 다른 영역이라는 게 느껴졌다.

"이제부터는 나도 잘 모르는 부족들이 있을 거다. 여기서부터는 미지의 영역이야."

그리 말한 벨루아가 황무지를 바라봤다. 땅바닥이 쩍쩍 갈라지기 시작했다. 벨루아는 여러 부족의 길잡이들을 모아 새로 지도를 작성했다.

길잡이의 의견을 듣던 벨루아가 때가 낀 목덜미를 긁으며 말했다. 그녀가 다른 부족장들에게 의견을 말했다.

"좀 오래 걸어야 할지도 모르겠군. 길잡이들도 건기에 여기로 지나가 본 적은 없대."

유릭이 땅바닥에 침을 뱉으며 황무지의 지평선을 응시했다.

"여기서 돌아갈 순 없어. 이대로 돌아간다면 예전처럼 우리끼리 싸울 뿐이다."

유릭이 말하자, 입을 다물고 골몰히 생각하던 사미칸이 천천히 입을 뗐다.

"그 전에 주술사들에게 점을 치게 하고 제사를 지내는 게 좋겠군. 좋은 점괘가 나오면 전사들의 사기도 오를 테니까."

"만약 점괘가 나쁘게 나오면?"

"점괘가 나쁘게 나올 리가 없지, 형제. 점괘가 나쁘게 나온다면 그 주술사는 내 손에 목이 날아갈 테니까."

사미칸이 음험하게 웃었다. 그는 주술사와 제사장조차 자신의 아래에 두고 있었다. 그는 하늘의 뜻이라는 점괘조차 자신의 뜻대로 조작해 부족을 통제하고 다스렸다.

'사미칸에겐 배울 게 많다.'

유릭은 그걸 절실히 느꼈다. 전사의 역량은 유릭만 한 사내가 없었으나, 부족장의 역량은 별개였다. 유릭은 아직 풋내기 부족장이었다.

주술사는 하늘의 뜻을 읽고, 사람들에게 조언한다. 어느 부족이든 주술사 집단의 영향력은 대단했다. 주술사는 전사가 아닌데도 사람들의 존중을 받는 위치였다.

이번 원정에도 각 부족의 주술사들이 많이 따라나섰다. 주술사는 의술사이기도 해서 상처를 입은 전사를 돌보기 때문이다.

"점을 보려면 산 제물이 필요하오."

"여기서 산 제물을 어떻게 구한단 말입니까?"

"없으면 없는 대로 해야지. 사미칸이 무사를 기원하는 제사를 원하오."

"흥, 건기에 이런 황무지를 건너다니. 하늘도 좋아하지 않을 거요."

여러 부족의 주술사들이 모여 떠들었다. 이십여 명에 달하는 주술사가 제사와 점을 보는 방식을 두고 의견을 다퉜다. 부족마다 전해지는 방식이 조금씩 달랐기 때문이다. 좀처럼 의견이 좁혀지지 않았다.

부족장의 모임에서는 사미칸이라는 확고한 대장이 있었으나, 주술사들은 서로를 인정하지 않았다. 자신의 방식을 양보하지 않고 남에게 강요하기만 했다.

"클클, 제물이야 있든 없든 상관이 없소이다."

푸른안개의 제사장이 말했다. 푸른안개 부족은 손가락이 여섯 개인 사람을 주술사로 삼는 풍습이 있었다.

"육손이……."

다른 제사장과 주술사들이 푸른안개 제사장을 바라봤다. 다들 그를 육손이라 불렀다.

"사미칸께서는 전사의 사기를 높이고 용기를 북돋는 점괘를 원하고 있을 뿐이오."

주술사들이 육손이를 노려봤다.

"그게 무슨 의미요?"

"그럴싸하게 아무 점이나 쳐서 좋은 점괘라고 말하면 된다는 거지. 사미칸이 원하는 대로 말이오."

"천기를 거짓으로 말하자는 거요? 미쳤군! 그러고도 당신이 주술사의 대표인 제사장이오?"

다른 제사장들이 노발대발했다. 거짓 점괘는 그들에게 있을 수 없는 일이었다. 그들은 선조에게 배운 방식대로 하늘의 뜻을 읽고 사람에게 전달했다. 주술사는 하늘과 사람의 연결고리인 셈이다. 그들은 전사들만큼이나 자신들의 일에 자부심이 있었다.

"푸른안개 부족의 주술사들은 다 그런 방식인가 보군. 실망이오."

"거짓 점괘라니, 있을 수 없는 일이지."

주술사들이 웅성거렸다. 비난받는 육손이는 그저 눈을 가늘게 뜨며 웃었다.

"거짓 점괘든 뭐든 우리 전사들에겐 희망이 필요하지. 하늘도 우리의 원정에 동조한다는 증거만 있으면 저 갈라진 황무지조차 마른침을 삼키며 건널 수 있을 거요. 그에 비하면 그깟 거짓말이 뭐가 대수란 말이오?"

육손이의 말에 몇몇 주술사는 고개를 끄덕였다. 하지만 자부심 넘치는 제사장과 주술사들은 육손이의 말에 거부감을 느꼈다.

"하늘의 뜻을 거짓으로 말하면 그 끝이 좋지 않을 거요. 끔찍한 벌을 받겠지."

"벌이라면 내 손가락이 여섯 개로 태어난 것만 해도 충분한 것 같소만?"

육손이 실실 웃었다. 좀처럼 주술사들 간의 의견이 좁혀지지 않았다. 바위도끼 부족처럼 주술사의 영향력이 강한 부족에게 거짓 점괘란 말도 안 되는 일이었다.

주술사들이 다투는 걸 본 유릭이 건들거리며 다가왔다.

"어이, 영감들. 제사는 아직 멀었어? 활로 새라도 한 마리 잡아줄까?"

"유릭 부족장, 마침 잘 왔소."

바위도끼 주술사들이 유릭을 반겼다. 유릭은 눈동자를 굴리며 주술사들 간의 알력다툼을 흘겨봤다.

'사미칸의 충실한 제사장, 육손이.'

다른 부족은 주술사들의 행동이 독립적인지라 때때로 부족장과 부딪쳤다. 그러나 푸른안개 부족은 주술사와 부족장의 뜻이 언제나 같았다. 사미칸이 자신의 주술사 집단을 지배하고 있기 때문이다.

'나도 우리 제사장과 사이가 썩 좋은 편이 아니지.'

유릭은 금기를 어긴 전사다. 제사장과 주술사들이 좋아하는 부족장은 아니었다.

"푸른안개의 육손이가 거짓 점괘를 내자고 말하고 있소. 당장 거짓 점괘로 이득을 보더라도, 훗날 큰 화를 입을 거요. 하늘은 그렇게 호락호락한 존재가 아니오."

바위도끼 제사장이 유릭에게 고자질하듯 말했다. 유릭이 턱을 괴며 육손이를 바라봤다.

"글쎄, 난 하늘산맥을 넘었는데도 아직 멀쩡하잖아."

"전 부족장인 지즐은 그 대가를 받아 죽었소! 발이 썩어가는 고통을 받았지!"

"그건 추위 때문에 발이 얼어서 썩은 거야. 저주 따위가 아니라고."

"하늘의 의지를 우습게 보는 거요? 그런 태도 때문에 부족 전체가 위험해질 수도 있소이다! 부족장!"

바위도끼의 제사장이 목청을 높였다. 유릭이 건성으로 들으며 웃었다. 이미 주술사들의 비난은 익숙했다.

'하늘의 분노라…….'

유릭은 하늘의 분노나 저주 따위가 무섭지 않았다. 그는 신을 배신하고 부족의 금기를 어겼는데도 팔다리가 멀쩡했다. 초월적인 존재의 심기를 어지럽혀서 벌을 받을 것 같았으면, 유릭은 몇 번이나 죽었어야 했다.

유릭은 실소했고, 제사장이 더욱 날뛰었다.

"지금 웃음이 나온단 말이오?"

"아니, 아니. 그건 아니고. 뭐, 어쨌든 저 육손이 말처럼 점괘는 좋게 나오는 게 낫지 않겠어?"

"유릭 부족장마저 그렇게 나오다니! 전부 다 머리가 어떻게 된 거 아니오?"

유릭이 주술사들을 둘러봤다. 그가 도끼를 꺼내 빙글빙글 돌렸다. 주술사들이 움찔하며 뒷걸음질 쳤다.

"난 주술사가 아니지만 한 가지 예언 비슷한 걸 할게. 내 형제 사미칸은 말이지…… 전사들의 사기가 낮아질 나쁜 점괘가 나오면, 천기의 흐름을 바꾸려고 주술사 몇 명의 머리를 잘라서 하늘에 바치는 걸 택할 거야. 나는 그런 사미칸을 말리지 못할 거고. 오, 미래가 보이는군. 이게 주술사의 시선인가?"

유릭이 천연덕스레 웃었으나 반대하던 주술사들의 안색은 새파랗게 변했다. 명백한 협박이었다.

'나쁜 점괘가 나오면 우리의 목이라도 치겠다는 건가…….'

바위도끼 제사장의 얼굴이 붉게 변했다.

"부족장은 자신의 부족민을 보호하는 거요. 유릭 부족장, 내 편을 들어야지."

"전사들이 나쁜 점괘를 보고 절망하는 것보다야 제사장 한 명의 미움을 받는 게 낫지. 어차피 나를 별로 좋아하진 않잖아? 자자, 이야기는 끝. 사미칸과 내 뜻은 이미 전했다. 알아서 제사를 준비하라고, 현명하신 주술사 여러분."

유릭이 손뼉을 치며 자리를 떴다.

거짓 점괘에 반대하던 주술사들은 입을 다물었다. 목이 잘리고 싶지 않으면 육손이의 가짜 점괘에 동조할 수밖에 없었다.

육손이는 새치가 돋은 수염 한 가닥을 뽑으며 유릭의 등을 바라봤다.

'바위도끼의 유릭, 사미칸이 억지를 부려가며 형제로 삼은 이유가 있었군. 사미칸처럼 넓은 사고방식을 가진 사내다.'

육손이는 제사장이면서도 하늘의 뜻에 별다른 미련이 없는 주술사였다. 그는 남들보다 손가락이 하나 많게 태어났다. 푸른안개 부족의 풍습에서는 태어날 때부터 주술사로 태어난 거나 마찬가지였다.

'하늘이 내 운명을 정했지만, 나는 하늘의 뜻대로 움직이지 않겠다.'

일종의 반항이었다. 육손이는 거짓 점괘를 준비했다. 어차피 전사들이야 주술사의 방식을 이해하지 못한다. 그저 그럴싸하게 뭐라 외치면서 점을 치면 된다.

육손이의 주도 아래에 제사 준비가 끝났다. 제물이 없었기에 주술사들은 손아귀를 베서 피를 짜냈다. 사람의 피라도 바쳐서 하늘의 뜻을 기다렸다.

"으으음."

육손이가 침음하며 수반의 물에 닿아 흩어지는 핏방울의 방향을 바라봤다. 전사들이 숨을 죽이며 점괘를 기다렸다.

"피가 서쪽을 가리키는구려. 하늘도 이 원정을 보고 있소."

육손이의 말에 전사들이 고함을 질렀다. 사내들의 쩌렁쩌렁한 목소리가 하늘까지 닿는 듯했다.

"하늘이 우리를 인도하셨다! 가자, 형제들이여! 지금까지 아무도 하지 못했던 일을 우리가 한다. 저 너머에 우리를 기다리는 건 쾌락과 영광!"

사미칸이 창을 서쪽으로 치켜들며 외쳤다. 전사들이 발을 구르며 함성을 내질렀다.

"멋진 거짓말이로군. 사미칸은 저런 식으로 부족을 이끌어 왔던 건가."

벨루아가 팔짱을 끼며 사기가 오른 전사들을 바라봤다. 벨루아도 거짓 점괘에 대한 거부감은 없었다. 붉은모래는 대장장이 일과 교역을 업으로 삼는 만큼 세속적인 사고방식을 가진 부족이었다.

"이리 오게! 내 형제여! 유릭."

사미칸은 유릭에게 손짓했다. 유릭이 사마칸 옆으로 걸어갔다. 사미칸이 유릭의 손을 잡아 들어 올렸다.

"바위도끼 부족장 유릭! 이 사내의 이름을 모르는 사람은 여기 없을 거다! 최초로 하늘산맥을 넘었다가 돌아온 위대한 전사다! 산맥조차 넘은 사내가 우리와 함께하는데 저깟 갈라진 황무지가 무슨 대수란 말인가!"

"오오오!"

"유우우릭-!!"

전사의 열광이 뜨겁게 솟아올랐다. 하늘산맥을 넘었다는데 반신반의하던 전사들도 분위기와 흐름에 넘어가 유릭의 업적을 믿었다.

주술사들은 전통과 금기를 깨버리는 발언에 탐탁지 않은 표정을 지었으나, 지금의 흐름을 막을 방법은 없었다. 방법이 있더라도 지금 같은 시기에 사기를 꺾어서 좋은 건 없었다.

연맹은 전사들의 혈기가 가라앉기 전에 출발했다. 그들은 갈라진 황무지를 향해 발을 내디뎠다. 쩍쩍 갈라진 대지는 보기만 해도 목이 타들어 가는 듯했다.

"정말 건기로군."

태양은 뜨겁고, 공기는 건조했다. 숨을 쉴 때마다 목구멍이 메마르는 듯했다.

처음에는 말이 많았던 전사들도 입을 다물었다. 침조차 아끼며 삼켰다.

"흠."

유릭은 갈라진 바닥에서 기어 나오는 전갈을 낚아챘다. 전갈의 꼬리를 떼어낸 유릭이 산 채로 전갈을 씹었다.

으적, 으적.

유릭은 이 사이에 낀 전갈 껍질을 빼내며 지평선을 바라봤다. 삼 일이나 걸었는데도 아직 아무것도 보이지 않았다.

'조급할 건 없지. 아직 물도 식량도 여유가 있어.'

전사들은 아끼는 방법을 안다. 건기에는 최대한 적게 먹고 마셨다.

부족전사들은 탈것도 없이 평생 드넓은 황무지와 초원을 뛰고 걷는 사내들이다. 행군에는 이골이 났으며 인내심이 강했다.

"후우, 유릭. 그냥 걷기도 뭐하니 산맥 너머의 이야기나 해봐."

사미칸이 유릭에게 다가왔다.

"내 입만 마를 텐데? 됐어."

"내 물주머니 하나를 주지."

"그럼 이야기가 다르지."

유릭이 물주머니 하나를 받으며 웃었다. 그는 목과 입술을 축였다.

"내가 산맥을 넘은 건…… 저번에 이야기했었나?"

"대충은. 탐험대와 조우해서 붙잡힌 것까지 들었어."

"탐험대는 어설펐어. 내 힘을 우습게 봤지. 그깟 밧줄로 내 팔을 묶었다고 안심하고 있더군."

유릭의 이야기를 듣는 건 사미칸만이 아니었다. 다른 전사들도 옆에서 걸으며 유릭의 이야기를 엿들었다. 산맥 너머의 세계는 이제 기정사실이나 마찬가지다. 주술사들이 아무리 악귀니 금기니 해도 산맥 너머의 세계를 다들 인정하고 있었다.

"놈들이 야영하려고 준비할 때, 있는 힘껏 밧줄을 끊었지. 나는 옆에 있는 놈의 칼을 빼앗아서 휘둘렀어. 탐험대는 산맥은 잘 올랐으나 싸움을 잘하는 편은 아니었어. 우왕좌왕하는 사이에 내가 차근차근 놈들의 목을 베었지."

유릭의 이야기는 매력적이었다. 바위도끼 부족의 청년들이 유릭에게 끌린 것처럼, 뜨거운 심장을 가진 전사들은 유릭의 모험담을 좋아했다.

Chapter 10

사흘이 더 지났다.

저벅, 저벅.

전사들은 말없이 걷는다. 사나운 침묵만이 행렬 사이로 맴돌았다. 건조하고 무더운 날씨, 끝이 보이지 않는 황무지, 누군가 톡 건드리기만 해도 싸움이 일어날 듯했다.

"잡았다!"

카랑카랑한 목소리가 퍼졌다. 썩은 고목을 뒤지던 벨루아가 뱀 한 마리를 들어 올렸다.

찌익.

벨루아는 바로 뱀의 목을 따고는 뱀가죽을 잡아당겨 뒤집었다. 분홍빛 속살만 남은 뱀은 목이 잘렸는데도 꼬리를 흔들었다.

"고놈 참 튼실하네."

벨루아가 생명력이 넘치는 뱀고기를 보며 웃었다. 그녀는 뱀의 목이 잘린 단면에서 피를 짜내 마셨다. 핏물을 마시는 그녀의 목구멍이 꿀렁거렸다.

"크으."

술을 마시듯 벨루아가 이맛살을 찌푸리며 입가를 쓱쓱 닦았다. 어찌나 맛있게 뱀 피를 마시는지 주변 전사들이 침을 꿀꺽 삼켰다.

"영양보충 한번 요란하게 하는군. 뱀 머리는 잘랐으면 묻어 둬."

유릭이 벨루아 옆으로 다가오며 말했다. 그는 뱀 머리를 칼날로 툭툭 쳤다. 목이 잘렸는데도 뱀 머리가 입을 벌리며 칼날을 물었다.

뱀은 몸통과 머리가 분리되고 나서도 한참이나 머리가 움직인다. 자칫하면 지나가는 사람이 물릴 수가 있어서 뱀 머리는 땅을 파서 묻어두는 게 좋았다.

"몸뚱이도 없는 뱀한테 물리는 병신이면 여기서 죽는 게 나아."

벨루아가 뱀 몸뚱이를 간식처럼 씹어 먹었다. 으적으적하는 소리가 멀리까지 들렸다.

"아직 식량이 부족하진 않을 텐데, 번거롭게 뱀까지 찾아서 잡아먹네. 뱀을 좋아하나 봐?"

유릭이 뱀 머리를 땅에 묻으며 말했다.

"신선한 피가 마시고 싶었거든. 피를 흘리면 피를 보충해 줘야지."

유릭은 벨루아가 부상이라도 입은 건지 살폈다.

"아……."

뒤늦게 벨루아의 말뜻을 알아챈 유릭이 피식 웃었다. 벨루아는 뱀고기를 반쯤 먹고는 둘둘 싸서 옆구리에 매달았다.

'범상치 않은 기개야. 황무지에 여자의 몸으로 부족장 자리까지 올라섰으니까 당연한 거겠지.'

유릭은 벨루아의 등을 바라봤다. 어지간한 남자만큼 넓은 등이었다. 여자의 몸으로 저런 수준의 근육과 덩치를 얻으려면 무지막지하게 노력했어야 했을 것이다.

"메마른 황무지가 끝나지 않아, 유릭. 여기서 백골로 죽는 게 아닌가 하는 불안도 있어."

키룽카가 유릭 곁에 다가오며 바위도끼 전사들의 의견을 대변했다.

"천하의 바위도끼 전사들이 겁이라도 먹은 거야?"

유릭이 빈정거리자 키룽카가 어깨를 으쓱했다.

"더위와 굶주림으로 허무하게 죽을까 봐 두려워하는 거지.

차라리 적 한가운데에 들어가라고 명령한다면 기꺼이 따를걸?"

키룽카의 말은 틀린 게 하나 없었다. 전사들 사이에서는 불안감이 감돌았다.

'사기가 그렇게 드높았는데도 이 지경이다. 나쁜 점괘가 나왔다면 지금쯤 뭔가 일이 나도 크게 났을 거야.'

주술사들은 가짜 점괘에 불만을 품었어도, 결과만 보면 사미칸이 옳았다.

"돌아가려면 물과 식량이 아직 남아 있는 지금이야."

"돌아가지 않아. 갈라진 황무지도 얼마 남지 않았을 거다."

유릭이 키룽카에게 돌아가라고 손짓했다. 키룽카가 한숨을 쉬며 고개를 끄덕였다.

그날 밤 야영에서 유릭은 부족장들을 모았다. 안 그래도 다른 부족장들은 유릭과 비슷한 경험을 한 듯이 불만을 토해냈다.

"붉은모래 부족장, 언제쯤 텅 빈 황무지가 끝나는 거요? 지금까지 우리 말고 다른 사람은 보지도 못했소이다."

잿바람 부족장이 벨루아에게 물었다. 다른 중소 부족장들이 고개를 끄덕이며 벨루아를 재촉했다.

"길잡이들 말로는 이 부근에 원래 부락이 하나 있었다고 하더군. 슬슬 사람이 보여야 되는데, 아마 건기라서 부락을 이동한 모양이야. 건기에 황무지를 건너는 건 누구나 처음이라고."

벨루아가 낮에 잡았던 뱀을 모닥불 위에 구우며 말했다. 뱀고기가 익어가는 냄새가 고소했다.

"길찾기는 당신의 책임이오. 만약……."

벨루아가 잿바람 부족장의 말을 잘랐다.

"안 그래도 가랑이 사이로 피가 질펵하게 흘러나와서 신경이 사나운데, 그딴 식으로 나한테 대들면 여기서 뒈질 수도 있어."

부족 간의 관계는 동등하지 않다. 철저한 약육강식이다. 약한 부족은 발언권이 없고, 강한 부족은 약한 부족을 무시할 수 있다.

지켜보던 유릭이 입을 열었다.

"길잡이의 말처럼 원래 있던 마을이 이동한 거라면, 그 흔적이라도 찾는 게 좋을 거다. 그래야 전사들도 헛걸음하지 않았다고 안심할 거니까."

"그거요! 내가 하고자 했던 말이 그런 의미지!"

잿바람 부족장이 황급히 유릭의 말을 받았다.

"흐음, 발이 빠른 놈들을 주변에 보내보는 것도 나쁘지 않겠지. 어쩌면 흔적으로 찾을 수 있을지도 모르고."

사미칸이 고개를 끄덕였다. 부족장들은 발이 빠른 전사를 뽑아서 주변 정찰을 보내기로 결정했다.

부족장들은 자신의 부하들을 뽑았지만, 유릭은 스스로 정찰에 자원했다.

"나보다 발이 빠른 놈이 있어? 없잖아."

유릭은 장비를 챙기며 전사 네 명을 뽑았다. 다른 부족에서도 정찰을 나가는 전사들이 보였다.

"바위도끼는 북쪽으로."

벨루아가 출발하는 전사들에게 정찰 방향을 지시했다. 그녀는 어제보다 달거리가 심한지 항상 표정을 찡그리고 있었다.

유릭은 전사들을 이끌고 북쪽으로 가볍게 뛰었다. 전사들도 유릭을 따라 뛰었다. 그들은 태양의 위치를 보고 방향을 계속 확인했다.

"하핫, 역시 있잖아."

가장 앞에서 뛰던 유릭이 숨을 고르며 중얼거렸다. 그가 뒤에 따라오는 전사들을 향해 손을 흔들었다.

'괴물 같은…….'

유릭을 따라오던 전사들은 메마른 숨을 토해내며 유릭을 응시했다. 처음에는 엇비슷하게 달렸으나, 점차 거리가 벌어졌다. 오히려 유릭이 속도를 늦추며 다른 전사들에게 맞춰주기까지 했다.

"저런 체력이 있었으니까, 산맥을 넘은 거겠지."

볼드가 지친 전사들을 독려하며 먼저 앞으로 나갔다. 유릭이 뭔가를 발견하고는 전사들을 부르고 있었다.

"마을의 흔적이군."

볼드는 유릭의 옆에 서며 말했다. 유릭은 눈을 가늘게 뜨며 지평선을 응시했다. 버려진 천막 몇 개가 보였다.

휘릭.

유릭은 도끼를 들고는 휘파람을 불며 버려진 마을 안으로 들어갔다. 여기저기 굴러다니는 항아리는 비어 있었다. 마을 중앙으로 보이는 곳에는 오랫동안 불을 피워서 땅바닥이 검게 그슬려 있었다. 싹싹 알뜰히 챙겨서 이동했는지 쓸 만한 건 없었다.

"고작해야 빈 천막 몇이 전부네."

볼드가 배를 벅벅 긁으며 버려진 천막 안으로 들어갔다.

"유릭!"

천막 안으로 들어간 볼드가 외쳤다. 유릭과 전사들이 볼드가 있는 쪽으로 모였다.

"그르르르."

골골거리는 소리가 들렸다. 텅 비었다고 생각한 천막에서 비쩍 마른 노인들이 엉거주춤하게 기어 나왔다.

"하, 무리에서 버려진 병든 늑대들이군."

유릭이 노인들을 바라봤다. 갈비뼈가 드러날 정도로 바짝 마른 노인들이었다. 죽을 날을 기다리는 자들이 유릭과 전사들을 노려봤다.

볼드가 창을 들어 올리며 유릭의 어깨를 쳤다.

"이 노인들은 우리가 마음에 들지 않는 모양인걸?"

마을을 옮긴다는 건 주변의 자원을 전부 소모했다는 것이다. 좋은 땅을 차지하지 못한 작은 부족들은 마을을 옮기는 일이 흔했다. 대개 마을을 옮기면서 약간의 식량을 두고 노인들을 버리고 간다. 일하지 못하는 노인을 보살필 여유가 없기 때문이다.

버려진 노인들도 자연스레 자신의 죽음을 받아들인다. 선악과 도덕의 논리가 끼어들 여지가 없다. 그저 자연의 섭리이기에…….

"카아아악!"

노인이 메마른 고함을 질렀다. 그는 조잡한 뼈칼을 들고 덤벼들었다.

"위험하잖아, 영감탱이."

유릭이 덤비는 노인의 발을 걸어서 넘어뜨렸다. 유릭의 눈에는 느려터진 공격이었다.

"말이 잘 통하지 않지만, 손짓, 발짓 정도 같이하면 될 것 같은데?"

이미 노인을 생포한 전사가 말했다. 이들의 언어는 상당히 알아듣기 힘들었다. 하지만 단어 몇 개가 귀에 익었다.

"여기 부족들이 어느 방향으로 이동했는지 물어봐."

자신은 버림받았을지라도, 아들딸과 손주를 팔아넘길 노인은 없었다.

"좀처럼 대답하지 않아. 고문할까?"

"내가 하지. 비켜봐."

유릭은 날카로운 단도를 꺼내 들었다. 노인이 해볼 테면 해보라는 투로 유릭을 올려다봤다.

"육체가 약해지면 마음도 약해지는 법이라고, 노인장."

뿌득.

유릭이 단도 끝을 노인의 손톱 밑으로 집어넣었다. 지렛대 원리로 단도를 비틀어서 노인의 손톱을 까뒤집었다.

"크어어걱!"

노인이 기겁하며 비명을 질렀다. 몸을 부르르 떨면서 오줌을 쌌다.

"물도 얼마 못 마셨을 텐데, 그렇게 바닥에 오줌을 싸지르면 쓰나."

유릭은 노인이 숨을 고를 여유조차 주지 않았다. 손톱을 하나씩 뒤집어서 빼냈다. 과거의 전사였을 노인도 극심한 고통을 참지 못하고 소리를 질렀다.

"후우, 일을 했더니 물맛이 좋아."

유릭이 물주머니를 꺼내서 물을 마셨다. 그는 노인들에게 물을 나눠줄 것처럼 굴며 대답을 요구했다.

목마름과 고통 앞에서 노인들이 무릎을 꿇었다. 몇몇 노인은 전부 말을 하겠다는 투로 엎드렸다.

유릭과 전사들은 노인들이 가르쳐 준 방향을 대조하며, 원래 있던 부족이 어디로 떠났는지 알아냈다.

"여기서 북서쪽이로군."

"거기에 먹을 게 있으니까 그쪽으로 간 거겠지."

"여기에 남은 노인들은 어쩔까?"

"그냥 놔둬. 시체 청소꾼들이 기다리고 있잖아."

유릭이 하늘을 나는 독수리들을 바라보며 말했다. 전사들이 키득키득 웃으며 마을을 떴다. 죽을 날만을 기다리는 노인들이 다시 천막 안으로 기어들어 갔다.

유릭과 전사들은 무리에 합류했다. 그들을 비롯해 정찰을 떠난 전사들이 하나둘씩 돌아왔다. 허탕을 친 자도 있었고, 유릭처럼 정보를 가져온 자도 있었다.

"벨루아는?"

유릭이 벨루아를 찾았다. 붉은모래 전사가 천막 하나를 가리켰다.

"어이, 벨루아. 네가 말한 부족의 위치를 내가 찾은 것……."

천막을 들어가던 유릭이 입을 다물었다. 그는 엎드려서 누워 있는 벨루아를 바라봤다.

"개, 시발. 빌어먹을, 내 아랫배를 도려내고 싶을 지경이야."

벨루아가 신음하며 아랫배를 움켜잡았다. 유릭이 예민한 코를 킁킁거렸다. 천막 안에는 여자의 피 냄새가 났다.

"주술사 불러서 약이라도 지어달라고 할까?"

"돌팔이들 약은 소용없어."

"더럽게 아픈 모양이지?"

유릭이 반쯤 놀리듯 말했다.

"아랫배 속에서 누군가 칼을 들고 춤을 추는 기분이지. 아까 하던 말이나 계속해 봐. 내 사정은 내 사정이고, 일은 일이지."

벨루아가 억지로 똑바로 앉았다. 그녀는 식은땀을 쭉쭉 흘려댔다.

"버려진 마을이 하나 있었어. 그곳에 남은 노인을 고문하니 부족이 이동한 방향을 가르쳐 주더군."

"아마 전갈창 부족일 거다. 우기에 황무지를 넘어서 우리와 교역한 적이 있어."

유릭이 고개를 끄덕였다. 그는 벨루아의 천막에서 나갔다. 바깥에서는 전사들이 삼삼오오 모여 떠들고 있었다.

오늘 밤은 여기서 보내고 내일부턴 다시 이동할 것이다.

유릭은 땅바닥을 바라보며 적당한 크기의 돌을 찾아다녔다.

"유릭 뭐 해? 돌이라도 구워 먹게? 산맥 너머의 방식인가?"

전사가 유릭의 행동을 보며 말했다.

유릭이 어깨를 으쓱하며 모닥불 안에 돌을 넣어 달궜다. 그는 어느 정도 달아오른 돌을 꺼내서 가죽으로 둘둘 감쌌다.

“벨루아, 따뜻하게 데운 돌이야. 아랫배에 대고 있으면 좀 나을 거다.”

유릭은 가죽으로 감싼 돌을 벨루아의 천막 안으로 던지며 말했다. 그는 굳이 천막 안으로 들어가지 않았다.

다음 날 전사들은 해가 뜨기 전에 일어났다. 조금이라도 서늘할 때 출발하기 위해서였다.

유릭도 늘어지게 하품을 하며 짐을 챙겼다. 그는 눈동자를 굴리며 벨루아의 천막을 힐끗 바라봤다. 천막을 철거하던 벨루아와 눈이 마주쳤다.

벨루아가 머리를 살짝 숙이며 인사했다. 유릭도 똑같이 고개만 까닥였다.

“출발!”

사미칸이 외쳤다. 전사들이 다시 걸었다.

전갈창 부족은 자주 주거지를 옮기는 편이었다. 그들의 영역은 빈말로도 좋은 땅이 아니었다. 목초지는 적었고, 건기만 되면 땅의 절반은 불모지가 되었다.

“염소 숫자를 잘 확인해.”

"이번 건기는 길어질 것 같군."

전갈창 부족민들이 하늘을 보며 이맛살을 찌푸렸다. 그들 무리에는 거동이 힘든 노인은 없었다. 일을 못 하는 노인은 저번 마을에 전부 두고 왔다.

쿵! 쿵!

사내들은 말뚝을 땅에 박아 천막을 고정했다.

새로운 주거지 주변은 그럭저럭 풀이 낮게 올라와 있었다. 아이들은 목초지까지 염소를 몰고 가 풀을 먹이고 왔다.

"약탈을 해야겠지?"

"마른흙 부족은 어때? 아마 여기서 북쪽으로 더 올라가면 자리를 잡고 있을 거야. 저번에 한번 봤는데 염소 떼를 많이 불려놨더라고."

전갈창 전사들은 모여서 건기를 버틸 방법을 궁리했다. 전사들이 머리를 맞대고 있어 봐야 약탈이라는 결론만 나왔다.

건기는 누구에게나 끔찍한 시기다. 살아남기 위해선 뭐든 용납된다.

"우린 살아남을 거다."

전사들이 서로의 눈을 보며 말했다. 조금씩이지만 전갈창 부족의 인구는 늘고 있었다. 지금 아이들이 전사가 될 즈음에는 영토 확장을 노려볼 만도 했다.

전사들이 약탈계획을 세우고 있을 때, 소년 하나가 전사들에게 뛰어왔다.

"무슨 일이냐, 가르히."

전사가 일어서며 소년에게 물었다.

"여, 염소들을……. 하악, 하악."

"염소가 뭐?"

전사들의 표정이 험악했다. 지금 염소를 잃으면 건기를 버티긴 힘들었다.

"적이다! 적!"

소년의 말을 들을 필요도 없었다. 부족민들이 외치는 소리가 들렸다. 메마른 지평선 끝에 한 무리의 전사들이 걸어오고 있었다. 무기를 든 전사들의 숫자만 해도 전갈창 부족의 인구보다 많았다.

"서, 서쪽에서 약탈자들이?"

전갈창 전사들이 무기를 챙기며 욕설을 내뱉었다. 그들이 다 모여봐야 전사의 숫자는 삼백여 명이었다.

뿌우우우우우!

약탈자의 뿔나팔이 길게 울려 퍼졌다.

"막아! 놈들이 들어오지 못하게 막으라고!"

전갈창 전사들이 마을 입구에서 적들과 맞섰다.

전갈창 전사들은 약탈자의 정체도 모른 채 속수무책으로 당했다. 그들은 비명을 지르며 무릎을 꿇었다.

"피와 영광을!"

약탈자들이 외쳤다.

"피를 흘려라!"

일방적인 학살에 가까운 광기였다. 갈라진 황무지를 지나는 동안 전사들의 인내를 바닥을 드러냈고, 애꿎은 분노가 전갈창 부족에게 쏟아졌다.

"네놈들 내장을 보려고, 우리가 그 황무지를 건넜다아아아-!!"

전사들이 포효하며 적들의 목을 베었다. 열광에 취해 적의 피를 마시는 전사도 있었다. 피를 뒤집어쓴 전사들이 마을 안으로 성큼성큼 들어왔다.

"이야, 괜찮은 마을인걸? 볼드! 빨리 식량저장고로 가서 통제해! 다 먹어버리면 곤란하니까!"

유릭이 도끼를 빙글빙글 돌리며 마을 안으로 들어갔다. 그는 볼드를 불러서 식량 통제를 맡겼다. 그냥 놔뒀다간 흥분한 전사들이 닥치는 대로 먹어치울지도 모른다.

전갈창 전사들은 이미 전의를 잃고 쓰러졌다. 죽었거나 불구가 된 전사들이 바닥에서 신음했다.

"꺄아아아아아!"

남은 건 보상을 취하는 일이다. 전사들이 천막 안을 들어가서 아녀자들을 습격했다. 여자의 비명이 들렸다.

'여자가 부족장인 붉은모래도 다를 바 없군. 하기야 약탈지에서 겁탈을 못 하게 하는 부족장을 따를 전사는 없지.'

전사들은 피를 흘리며 싸운다. 그 대신 약탈지의 모든 걸 가진다.

"어이쿠, 사람을 봐가며 덤벼야지."

유릭이 도끼를 던졌다. 창을 들고 기습하려던 소년이 유릭의 도끼에 맞았다. 아직 수염도 나지 않은 소년이 유릭의 도끼에 맞아 쓰러졌다.

쩌억.

유릭이 소년의 가슴을 밟으며 머리에 박힌 도끼를 빼내 들었다. 그의 얼굴은 마냥 유쾌하지만은 않았다. 쓴웃음이 입가에 감돌았다.

"우리 원정의 목표는 약탈만이 아니야, 사미칸."

유릭이 사미칸의 옆에 서며 말했다.

"정복과 규합이지. 전갈창 부족에게는 미안하지만, 지친 전사들에겐 제물이 필요해. 오늘만큼은 쾌락을 맘껏 즐기게 해줘야지."

사미칸이라고 지금의 광기를 막을 방법이 있는 건 아니었다. 흥분한 전사들을 말렸다간 나중에 큰 반발이 되어 돌아온다. 부족장이 권력을 유지하려면 항상 전사들의 지지를 얻어야 했다.

"어이, 비켜. 나도 좀 하자고."

유릭이 머리를 긁적이며 여자의 비명이 들리는 천막으로 들어갔다. 성욕이 쌓인 것은 유릭도 마찬가지였다. 여자들이 불쌍하긴 해도, 원정 내내 금욕을 할 만큼 유릭의 마음씨는 곱지 않았다.

"그냥 허리를 들고 있어. 빨리 끝낼 테니까."

유릭이 여자의 머리카락을 뒤로 잡아당기며 말했다. 대충 의미를 알아들은 여자가 울먹이며 고개를 끄덕였다.

스륵.

바지를 벗은 유릭은 등 뒤에서 기척을 느끼곤 무기를 붙잡았다.

"유릭, 부족장 회의 소집이다. 너 말고도 계집질에 미쳐서 늦게 참석할 사람은 많으니까, 천천히 즐기라고. 그리고 참, 엉덩이가 보기 좋아."

벨루아가 문 옆에 기대며 키득키득 웃었다. 그녀가 손을 가볍게 흔들며 지나갔다.

"거, 빌어먹을."

유릭은 뭔가 못 볼 꼴을 보인 기분인지라 심란했다. 그는 여자의 허리를 멍하니 잡고 있다가 밀치더니, 똥을 싸다 만 얼굴로 바지를 올리곤 밖으로 나갔다.

바깥에서는 부족장들이 모여 있었다. 벨루아의 말대로 다른 부족장들은 여자를 맛보고 오느라 늦게 참석했다. 다들 신나게 즐겨서 아랫도리가 축축한지 엉거주춤하게 다리를 벌렸다.

“고생은 끝났소. 앞으로 가까운 거리에 부족들이 연속해서 나올 거요.”

사미칸이 피투성이가 된 전갈창 전사의 엉덩이를 걷어찼다. 심한 고문을 당한 전갈창 전사는 부족장 앞에서 온갖 욕설을 내뱉었다.

“우리가 갈라진 황무지를 넘었다!”

“오우! 우리가 해냈어! 외쳐라! 전사들이여!”

부족장들이 독려하자, 오가던 전사들이 무기와 손을 들어 올리며 함성을 질렀다.

“되도록이면 빨리 움직이는 게 좋겠지. 이 부족도 우리가 올 거라고는 상상도 못 했을 거다. 준비도 안 된 놈들을 무너뜨리는 건 쉽지.”

“여분의 식량만 챙기고, 전리품은 한곳에 모아서 돌아가는 길이 회수하는 게 낫소.”

“누가 빼돌리면 어떡해?”

“벌써 그런 생각부터 하는 걸 보니, 그쪽이 전리품을 빼돌리려는 모양이로군.”

“지금 날 모욕한 건가?”

전투의 흥분이 가라앉지 않은 부족장들의 입은 험했다.

"워, 진정해. 싸우고 싶으면 내가 상대해 주지. 아직 몸이 덜 풀려서 오늘 밤은 찌뿌둥할 것 같거든."

견과류를 까먹던 유릭이 도끼를 발끝으로 들어 올리며 말했다. 그는 양발로 도끼를 번갈아 걷어차는 묘기를 보였다.

"크흠."

싸우던 부족장들이 자리에 앉았다. 사미칸과 유릭, 그리고 벨루아의 기분을 상하게 해서 얻을 이득은 없었다.

전갈창 부족을 점령한 연맹은 이틀간의 휴식을 취하고 곧바로 진군했다.

연맹의 군세는 서쪽으로 나아갔다. 건기의 약탈자 무리는 흔한 일이었으나, 이 정도 규모는 지금까지 유례가 없었다. 연맹은 만나는 부족을 모두 집어삼켰다. 대항하는 자는 부쉈으며, 항복하는 자에겐 조공만 받았다.

동쪽에서 온 연맹은 부족 둘을 짓밟고, 넷을 흡수했다. 건기에 나타난 연맹의 악명은 서쪽으로 퍼져 나갔다.

"저건 좀 골치 아프겠는데?"

사미칸이 눈을 가늘게 뜨며 언덕 위에 위치한 마을을 바라봤다. 유릭도 좋은 눈으로 마을의 구조를 살폈다.

"사미칸, 마을을 둘러싼 나무울타리가 우리 키보다 높아. 감시탑도 여럿 있군. 섣불리 접근했다가 피해가 크겠어. 절벽 같은 경사가 있는 언덕이라서 오르는 동안 화살에 머리통이 줄

줄 박살 나겠네.”

“그나마 경사가 완만한 입구는 길이 좁아. 방어하기 딱 좋은 마을이로군. 노아가 있었으면 무슨 방법을 생각했을 텐데……”

사미칸은 입맛을 다셨다. 다리가 한쪽 없는 노아를 원정까지 데려오긴 힘들었다.

“저건 요새화한 마을이다. 보통 지킬 게 많은 놈들이 저런 짓을 하지. 약탈에 성공하면 쏠쏠할 거야. 그리고 아마 이 부근에 저런 요새 없이는 막기 힘든 약탈자들이 있다는 뜻이기도 해. 뭐든 이유가 있는 법이지. 초병을 주변에 뿌려서 외부에서 오는 적도 경계하는 게 좋겠어. 어, 왜? 다 내 얼굴을 쳐다보고 난리야? 잘생겨서 부러워?”

중얼거리던 유릭이 문득 몰려든 시선을 느끼며 말했다. 사미칸을 비롯해 다른 부족장들이 유릭을 쳐다봤다.

‘엄청난 통찰력이군. 산맥 너머의 경험 덕분인가……’

사미칸이 움찔했다. 유릭은 마을을 멀리서 보고도 많은 걸 추리했다. 매번 느꼈지만 유릭이 가진 전사의 역량은 대단했다. 유릭만 믿고 있으면 싸움이나 전투에서 질 것 같지 않았다.

“그럼 어떻게 공략하면 좋을까? 형제. 물론 힘으로 밀어붙여서 무너뜨릴 수도 있지만, 우리의 피해도 만만치 않을 거야.”

사미칸은 유릭의 어깨에 손을 올리며 물었다.

"거북이의 진이라는 게 있어. 이미 진형 훈련을 받은 푸른안개 전사라면 쉽게 따라 할 수 있을 거야."

유릭이 방패를 든 전사들을 불렀다. 부족장을 당연하고, 전사들도 몰려들며 유릭의 설명에 집중했다.

"이렇게 서로 끈적끈적한 피부가 닿을 정도로 바짝 붙어. 사내새끼들끼리 몸을 비비는 게 마음에 들진 않겠지만 죽는 것보다야 낫지. 방패는 위로 들어서 연결하듯 서로 겹쳐."

유릭이 다른 전사들을 불러서 손짓했다. 병사들이 유릭을 따라했다. 그들은 방패를 머리 위로 올리며 빈틈이 없도록 겹쳤다.

"위에서 쏟아지는 화살이나 돌멩이 정도는 다 막아낼 거다. 저런 간이요새 상대로는 충분하지. 어차피 끓는 기름이나 바위 같은 건 없을 테니까."

유릭은 문명세계에서 공성전을 경험했었다. 그때 문명의 기사들에게 많은 걸 배웠다.

거북이의 진은 단순했지만 효과적인 발상이었다. 특히 푸른안개 전사들은 방진 전투를 해왔기에 거북이의 진에 쓸 수 있는 중형방패가 많이 있었다.

"나무울타리는 높지만 견고하진 않을 거야. 갈고리를 틈새에 걸고 당기면 쉽게 무너지겠지. 말로 이해가 안 된다면 내가 실습으로 보여주지. 사미칸! 방패를 잘 쓰는 전사 사십 명만 나한테 넘겨."

전투회의의 주도권은 유릭에게 넘어갔다. 요새화된 마을을 만나자, 유릭은 물 만난 물고기처럼 자신의 지식을 풀어냈다.

"혹시 해서 말하는데, 화살 좀 맞았다고 주춤거리지 말고 방패를 위로 똑바로 들어. 방패를 떨어뜨리면 너만 죽는 게 아니라, 네 옆의 형제들도 같이 뒈지는 거니까."

유릭이 거북이의 진을 펼칠 전사들을 보며 말했다. 전사들은 유릭의 말에 고개를 끄덕이며 규율 잡힌 모습을 보였다. 푸른안개의 전사들은 유릭을 존중했다. 유릭은 그들의 부족장인 사미칸의 형제이며, 전장에서도 여러 번 활약했었다.

"자, 전사답게 아장아장 걸어보자고."

유릭이 사십 명의 전사를 이끌고 요새로 향했다. 화살이 날아오기 시작하자, 그들은 방패를 위로 들어 겹쳤다. 방패로 시야가 사라진 건 전사들도 마찬가지였다. 그들은 보이지 않는 화살이 박히는 소리를 들었다.

"쫄지도 말고 서두르지도 마! 앞사람과 발을 맞춰! 방패 사이의 거리가 벌어지면 죽는다!"

가장 앞에 선 유릭이 외쳤다. 방패를 위로 올린 유릭과 사십 명의 전사가 나무울타리까지 천천히 전진했다. 멀리서 보고 있자니 마치 거북이가 엉금엉금 기어가는 듯했다.

투둑, 투둑!

유릭은 방패 위로 꽂히는 화살소리를 들었다. 소나기가 쏟아지는 것처럼 소리가 규칙적이라서 기분이 좋았다. 그가 크게 웃자, 전사들도 따라 웃었다.

울타리 위에서 활을 쏘던 전사들은 당황했다. 약탈자들이 방패를 촘촘하게 들어 올리고 접근하자, 어떻게 대응해야 할지 몰랐다.

"틈을 노려서 쏴!"

말이 쉽지, 그 틈조차 위에서는 보이지 않았다.

팅!

활시위를 당겨봐도 무의미했다. 방패를 든 약탈자들은 울타리 아래로 접근하고 있었다.

전사들은 지금까지 수많은 약탈자를 쫓아냈다. 촘촘하게 나무울타리를 치고, 그 위에서 화살을 쏘고 돌을 던지면 약탈자들은 도망가기 바빴다. 그렇게 약탈자들을 격퇴할 때면, 힘들게 마을을 요새화한 보람이 있었다.

"제길, 설마 저놈들이 동쪽의 약탈자들인가."

소문이 돌곤 했다. 동쪽에서 온 대규모 전사무리가 서쪽으로 오고 있다는 소문. 그 숫자는 대지를 뒤덮을 정도라는 말이 있었다.

"동쪽의 약탈자들이다!"

"놈들이 맞아!"

울타리 위의 전사들이 겁에 질린 목소리로 외쳤다. 그들은 지평선을 바라봤다. 오천에 달하는 전사들이 고함을 지르며 진군하고 있었다. 저 무자비한 전사들이 일제히 덮친다면 이런 마을 요새쯤은 우습게 부술 터다.

'그런데도 소수만 보내서 이러는 이유가 뭐지?'

연맹의 목적은 이 마을만 약탈하는 게 아니다. 그들은 역량이 되는 만큼 서쪽으로 계속 진군할 생각이었다. 연맹은 병력을 최대한 아끼기 위해 효율적인 전략전술을 구사했다.

투둑!

유릭은 방패 위로 떨어지는 화살 소리가 뜸해진 걸 느꼈다. 그는 방패를 살짝 들어서 위를 바라봤다. 울타리 위의 전사들이 지평선에 나타난 연맹의 군세를 보고 전의를 반쯤 잃었다.

'우리 전사들에게 제국의 전술을 이해시켜야 된다. 제국군이 가진 전투기술의 동경하되, 두려워하면 안 돼. 이해하지 못하고 알지 못하기에 두려운 것이지, 알고 나면 무서울 건 없어.'

유릭의 한 가지 목적이었다. 그가 알고 있는 제국군의 전략전술을 전사들에게 가르치는 것.

앞으로 제국군이 산맥을 넘으면 전사들은 그들과 마주해야 된다. 제국군은 오랫동안 국가 단위의 전쟁으로 쌓아온 전략

전술이 있었다. 아무것도 모른 채로 마주해 싸운다면 전사들에게 승산은 없다.

"유릭! 언덕이 가팔라서 이대로 올라가긴 힘들어!"

전사들이 외쳤다. 울타리 앞의 언덕을 오르기가 힘들었다. 간신히 발을 내디뎌도 부드러운 흙 때문에 발이 쭉쭉 미끄러졌다.

'거북이의 진을 유지하고, 언덕을 오르긴 힘들다.'

유릭이 전사들을 보며 심호흡했다. 그들과 눈이 마주쳤다.

"내가 올라가서 갈고리를 달고 온다. 여기서 기다려."

전사들의 눈이 커졌다. 가장 위험한 일을 유릭이 자처했다.

유릭은 뒤에 있던 전사에게 갈고리를 받았다. 기름을 잘 먹인 밧줄과 연결된 갈고리다.

'생각대로 높기만 높지, 견고한 울타리는 아니다. 여기서는 이런 울타리만으로도 방어 효과는 충분할 테니까.'

유릭이 울타리를 살폈다.

제국 수준의 성벽을 지으려면 전문적인 기술과 막대한 노동력이 필요하다. 그에 비하면 이런 나무울타리는 초라하기 짝이 없었다. 그리고 그게 부족세계와 문명세계의 격차였다.

"후읍!"

유릭이 숨을 들이마시며 뛰쳐나갔다. 방패 하나를 위로 들며 언덕을 순식간에 올라갔다. 언덕을 오르는 순간에는 양손을 사용해야 하기에 방패를 들기 힘들었다.

쿵!

유릭은 방패를 울타리 앞으로 던졌다. 양손으로 몸을 지탱하며 언덕을 올랐다.

쉿!

화살이 날아온다. 유릭은 고개를 비틀어 화살을 피했다.

'빨리.'

울타리 위의 전사들이 유릭을 조준했다.

"맞았다!"

활을 쏜 전사가 외쳤다. 그러나 곧 그는 눈을 크게 뜨며 경악했다. 유릭의 배에 명중한 화살이 튕겨 나왔다. 유릭이 걸친 어깨가죽 아래에서 강철흉갑이 반짝였다.

"흥."

유릭이 코웃음을 치며 펄쩍 뛰었다. 단숨에 울타리 아래에 바짝 붙어서 방패를 다시 주웠다.

끼익.

유릭은 조잡한 울타리 틈으로 갈고리를 끼워 넣었다. 그는 방패를 뒤로 들곤 언덕 아래로 뛰어내렸다.

"당겨!"

유릭이 언덕을 내려가며 말했다. 거북이의 진을 유지하던 전사들은 한 손으로는 방패를 들어 올리고, 다른 한 손으로는 갈고리와 이어진 밧줄을 잡았다. 그들의 구릿빛 팔뚝에 힘줄이 솟아났다.

"오우우우!"

전사들이 소리를 지르며 밧줄을 당겼다. 그 힘에 울타리가 출렁였다.

"한 번 더!"

유릭이 거북이의 진에 합류하며 외쳤다. 그는 진형 중앙에 들어가서 다른 방패의 보호를 받았다. 그는 양손으로 밧줄을 붙잡고 비명에 가까운 고함을 내질렀다.

"끄아아아앗!"

유릭이 힘껏 밧줄을 당겼다. 울타리에서 나뭇결이 갈라지는 소리가 났다.

"오우!"

전사들이 박자를 맞추며 몸을 기울였다. 방패가 흐트러지면서 화살이 진형 사이로 떨어졌다. 다리와 허벅지에 화살을 맞은 전사가 있었다.

"거의 다 됐어!"

전사들의 얼굴이 시뻘겋게 변했다. 그들은 이가 부서져라 악을 썼다.

뿌직!

멀리서도 울타리가 부서지는 소리가 들렸다. 울타리가 부서지기 직전이었다.

"뿔나팔!"

유릭의 외침을 들은 전사가 뿔나팔을 불었다.

뿌우우우우!

뿔나팔 신호는 본대까지 충분히 닿았다. 오천에 달하는 연맹의 군대가 움직였다.

전사들이 침을 흘리면서 밧줄을 한 번 더 당겼다.

"우오오오오옷!"

손바닥이 밧줄에 쓸리고, 힘을 버티지 못한 어깨관절이 들썩이는 느낌이었다.

콰드드득!

나무울타리가 부서지면서 그 주변부가 우르르 무너졌다. 서로를 지탱하던 울타리는 한쪽이 무너지자 허술하기 짝이 없었다.

"돌-격!"

밧줄을 당기다가 넘어진 유릭이 벌떡 일어서며 외쳤다. 전사들은 뚫린 울타리를 향해 달렸다.

콰직!

여러 명의 전사가 허술하게 기울어진 울타리를 잡아서 뽑아 던졌다. 곧 오천에 달하는 본대도 합류해 물밀듯 마을 안으로 들어갔다.

힘으로 밀어붙였으면 어느 정도 희생을 각오했어야 할 마을 요새였다. 하지만 울타리의 일부를 무너뜨려서 훨씬 수월하게 점령했다.

약탈자들은 안으로 들어가 반항하는 전사들을 죽였다. 곧 마을의 부족장이 무릎을 꿇고 엎드렸다.

"우리의 보호를 받아들이고 조공을 바치시오."

사미칸이 의자에 앉은 채로 말했다. 두 번에 걸친 통역을 통해 말이 전달됐다. 굳이 말로 하지 않아도 지금 상황에서 의미를 모르는 사람은 없었다.

"원정에 합류해 기여한다면 똑같이 전리품을 나눠 받을 거요."

사미칸이 그 말을 하곤 대답을 차분히 기다렸다. 이중통역인지라 대화와 협상은 느릿했다. 사미칸은 인내심이 많았고, 사람들을 닦달하지 않았다.

유릭은 사미칸을 쳐다봤다.

'사미칸은 이미 왕이라고 봐도 과언이 아니지.'

부족에겐 왕이라는 개념은 없었다. 하지만 사미칸이 휘하에 둔 부족장 숫자와 차지한 영토를 생각한다면, 문명인 기준으로도 충분히 왕이라 불릴 만했다.

쓰윽.

유릭이 몸에 묻은 피를 닦았다. 오백여 명의 전사가 있는 마을 요새를 점령했는데도, 피해는 수십의 사상자가 고작이었다. 그건 전투를 지휘한 유릭의 공이었다.

"맘대로 여자를 강간하지 마라. 곧 이쪽 부족장이 여자를 내어줄 테니까."

전사들은 함부로 굴지 않았다. 그간 피에 대한 욕망과 성욕은 어느 정도 채웠다. 그들은 부족장의 명령에 따랐다.

한쪽에는 신음소리가 한창이었다. 굳이 약탈지의 여자가 아니더라도, 노예로 끌고 온 여자가 많았다. 전투와 피로 흥분한 전사들은 여자 노예들을 거칠게 다뤘다.

'이게 내 동포와 고향이다.'

유릭은 거친 사내들을 지나쳤다. 그는 무너지지 않은 울타리 위로 올라갔다. 날이 어둑어둑해지면서 달아오른 땅이 식어갔다.

연맹의 규모는 나날이 커졌다. 서로를 증오하던 바위도끼 전사와 푸른안개 전사들조차 서서히 어울리기 시작했다. 평생 다른 땅에서 커온 부족전사들이 연맹의 유대에 묶여 서로를 형제라 부르기 시작했다.

전사들이 가장 큰 우정을 나누는 곳은 바로 전장이다. 서로의 목숨을 공유하고 같은 방향으로 무기를 휘두르는 만큼 깊은 유대는 없다.

"유릭! 내려와서 술이나 마시지?"

다른 전사들이 유릭을 불렀다. 이미 연맹 내에서는 유릭을 모르는 사람이 없었다. 당연히 삼대 부족장 중 하나라서 그렇기도 했지만, 약탈과 정복을 벌이면서 유릭의 활약이 두드러졌기 때문이다.

삐걱.

유릭은 누군가 울타리 위로 올라오는 소리를 들었다.

"안녕하시오, 유릭 부족장."

"내게 말을 먼저 거는 건 처음이로군, 육손이."

유릭이 육손이를 바라봤다. 육손이의 얼굴은 검게 칠해 눈과 입술만 두드러졌다. 그는 물고기 뼈가 여럿 매달린 지팡이를 흔들며 유릭에게 다가왔다.

"이번 전투는 잘 봤소. 다른 전사의 존경을 얻기에 부족함이 없는 싸움이었소이다."

"주술사에게 칭찬을 들어보는 건 오랜만이네. 우리 부족의 주술사들은 대개 날 싫어하거든."

육손이는 가래가 섞인 목소리로 웃었다.

"하늘산맥을 넘은 건 용납 못 할 금기지. 하늘산맥의 신성에 도전한 행위이니 말이오."

부족의 주술사는 구전으로 지식을 전할 뿐이다. 그들에게 정교한 신앙체계 따윈 없었다. 그저 몇 가지 금기가 있었고, 그마저도 부족마다 다른 경우가 많았다. 하지만 하늘산맥만큼은 이견 없는 금기였다.

"하지만 푸른안개 부족은 하늘산맥을 넘어온 이방인 노아 아르텐조차 받아들였지."

유릭이 킬킬 웃었다.

"받아들이지 않았다면 사미칸에게 목이 잘렸을 테니까 어쩔 수 없었소."

"그게 불만인가?"

"아니, 그런 건 아니지. 우리 부족장 사미칸은 대단한 전사요. 지금도 엄청난 업적을 세웠지. 하지만 하늘산맥을 두 번이나 넘은 당신도 대단한 업적을 세운 전사요. 사미칸에 비견할 만하지."

유릭이 눈을 가늘게 떴다. 육손이의 말은 어쩐지 서늘했다.

'날 떠받드는 말을 해서 얻을 게 뭐가 있다는 거지?'

유릭은 의문을 가지고 육손이를 바라봤다. 육손이는 유릭의 반응을 살피다가 웃었다.

"당신은 하늘산맥의 신성에 도전하고도, 멀쩡히 살아서 전사들을 지휘하고 있지. 바위도끼의 전 부족장은 하늘산맥에 도전했다가 죽었다고 들었소만."

"준비되지 않은 채로 산맥을 올라서 죽은 거야."

"그건 중요하지 않소. 똑같이 도전했는데, 누군가를 죽었고 당신은 살았다는 게 중요하지. 노아 아르텐은 산맥을 넘은 대가로 다리를 잃었소. 하늘산맥을 넘은 당신이 잃은 건 무엇이란 말이오?"

"사후세계를 잃고, 지식을 얻었지. 우리가 죽어서 갈 곳이 없다는 걸 알았어."

육손이는 눈을 크게 뜨며 지팡이를 흔들었다. 물고기의 뼈가 부딪치며 소리가 났다.

"우리는 죽어서 하늘산맥으로 올라가지. 우린 지금까지 그 너머에 영혼들이 사는 세계가 있다고 믿었으나, 당신은 그런 곳이 없다는 걸 증명했소. 그렇다면 하늘산맥까지 올라간 영혼들은 어디에 갔을까? 우린 그 의문에 대한 답을 찾고 있소."

"하늘의 점괘를 속이는 자가 할 말은 아니군."

"그건 그거고, 이건 이거요."

육손이가 헛기침을 하며 여섯 손가락을 펼쳤다. 그는 여섯 손가락을 자유자재로 썼다.

유릭은 움직이는 여섯 손가락을 바라봤다. 어쩐지 곤충다리가 움직이는 것 같아서 끔찍하다는 생각이 들었다.

"이번 원정을 마치고 돌아간다면, 부족장들이 모인 것처럼…… 주술사들도 하늘산맥 아래에 모여 하늘의 답을 얻을 거요."

"그래? 그거 좋은 결과가 나오면 좋겠군."

"유릭 부족장, 기억하시오. 나는 당신에게 도움이 될 수 있소."

육손이는 그 말을 남기고 사라졌다. 유릭은 육손이가 간 걸 확인하곤 웃었다.

"하여튼 음흉한 놈 같으니."

to be continued

마운드 위의 절대자

디다트 현대 판타지 장편소설

WISHBOOKS MODERN FANTASY STORY

야구선수를 꿈꾸는 이들에게는
크게 세 가지 고비가 온다고 한다.

재능, 부상, 그리고 돈.

고등학교 2학년 때까지 야구선수를 꿈꾸었던,
그리고 그것이 자신의 인생의 전부였던 이진용.

세 가지 고비의 벽 앞에서 야구선수를 포기하고
현실에 순응하고 살아가던 진용의 앞에.

[베이스볼 매니저를 시작합니다.]

- 너 내가 보이냐?

다른 사람의 눈에는 보이지 않는
특별한 것이 보이기 시작했다.

Wish Book

힐통령

태양의 사제

제리엠 게임판타지 장편소설

WISHBOOKS GAME FANTASY STORY

"착하긴 뭐가 착해? 저런 퀘스트를 하는 건 착해서가 아니고
그냥 호구인 거야. 호구."

**등 뒤에서 멀어지는 소리에
카이가 슬쩍 그들을 돌아봤다.**

'내가 호구라고? 설마.'

**[곤경에 처해 있는 NPC에게 선행을 베풀었습니다.]
[선행 스탯이 1 상승합니다.]**

착한 일을 하면 보상이 따라온다?!

**계산적이지만 그래서 더 선행을 할 수밖에 없는
힐이면 힐, 딜이면 딜.**

힐통령 카이의 미드 온라인 정복기!